Aquarius

水瓶座

1月20日~2月18日

林小仙 著

水瓶座
攻星记
Aquarius

你那么孤单，却偏说一个人真好

中国出版集团 现代出版社

不亏待每一份热情，不讨好任何一份冷漠。这世间的美好，唯你自己而已。

愿你比别人更不怕一个人独处，愿日后想起时你会被自己感动。

前言

水瓶座的符号看起来就像两条波浪线，尽管很多人认为那代表水，但它实际上表示的是气流。水瓶座的守护星天王星，为他掌控着一股相称的气流能量。

许多人喜欢彩虹，孩子们对它抱有美好的幻想，艺术家们用手中的笔来描绘它，理想主义者执着地追求它，而水瓶座就是生活在彩虹之上的一群人。

水瓶座热情起来仿佛可以将人融化，冷漠起来连眼皮都懒得抬；冲动起来仿佛没有大脑，理智起来像只冷血动物；狂热起来连呼吸都忘了，安静起来可以消失在空气中；幼稚起来可以去读幼儿园，深沉起来可以媲美哲学家；霸道起来叫人无可奈何，温柔起来让人意乱情迷。

水瓶座的性格其实是十二星座中最难测的一个，水瓶座自己都经常不明白自己。

水瓶座的人只有在充分拥有自由的前提下，才会感受到爱情所带来的甜蜜和舒适。他们对恋爱最大的期望是能够促进彼

此成长。

在感情上，水瓶座天生就是一个淡然的生灵，他们不喜欢狂热的求爱，也少了甜言蜜语的天赋。他们的理智不会让他们像狮子、天蝎、白羊、双鱼那样游荡于爱情的海洋。他们认为只有淡淡的爱才能长久，或许在水瓶没有一丝表情的脸上看不到爱情的线索，但其实只要他爱你，便会悄悄地把关注和忠诚都留给你。

对待感情绝对纯情专一的水瓶座，一路走来难免会受到很大的情伤，但他们有时又很看得开。也许在水瓶心里，每一段恋爱也许都会是过眼云烟，他们可能会对每一个感兴趣的人沉着地发起攻势，但他们也会很利落地和每一个不爱的人说再见。水瓶永远是那么的难以捉摸。

虽然水瓶座生来感情淡然，却非常珍视友谊，他们没有太多的私心和个人小算盘，还可能为了朋友、集体的利益牺牲自己。他们适合做每一个人的朋友，却很难有人真正地走进他们

的内心。

水瓶座看起来不是一个强权、霸道的人，有时甚至还很温顺，但这古怪、难以预测的生灵，总能让人大吃一惊。他们如此合群、友好，却不畏惧孤独，他们强烈地寻求属于一个人的时光，孤独让他们和宇宙间奇妙的生灵交流，让他们获取了正常大脑不能产生的稀奇古怪的想法。

热爱自由的水瓶座总是风趣幽默、充满自信。他们讨厌束缚，同样也尊重别人的自由。

想要阻挡他们就等于让蝴蝶停止飞舞、春风关在小屋、阳光装进瓶子，都只是徒劳一场。在思想上，水瓶一直追寻着至上的自由，他们的心没有轨迹，一切只是凭借自己超强的直觉。因此，水瓶座看似放纵，实则是源于他们对自由的执着，对自由灵魂的追求，是典型的理想主义者。

水瓶座是一个自恋与自卑的矛盾结合体。说他潇洒，可玻璃心起来又惹人怜惜；说他冷漠，可又偏偏怀揣一颗赤子之

心；说他愚笨，可有时情商和智商又高得吓人。

可能也正是因为他的捉摸不定，所以在这个世上真正能懂水瓶的人少之又少。

占星术告诉我们，五十年以后，世界将会像水瓶座人一样思考。

水瓶座是新思想的开拓者，不按常理出牌，常有一堆天马行空式的理论。如果给他完全的行动自由，让他随心所欲地去思考和决定，那么他会表现出卓越的工作才能。

有人说水瓶座冷漠，他们只是不懂得如何交际，他们只是习惯性地竖起身上的刺，担心受到伤害。也有人说水瓶座疯癫，他们只是想收起忧伤，用笑容隐藏脆弱。他们绝不会在众目睽睽之下展露无助和脆弱，只会偷偷地在夜深人静时，躲在被窝里哭泣。

其实，在水瓶座的宝瓶里，盛着的不都是快乐的源泉，还有他们不愿在人前流下的泪水。

他们笑起来像个孩子，天真得像童话里走出来的天使。但你若有心，你就会看到他们沉静时脸上挥之不去的忧伤，还有眼底凝固着一丝看破红尘的味道。

当人们都说水瓶是最特别、最个性、离神最近的星座时，当人们都说水瓶疯狂任性、让人又爱又恨时，当人们都说水瓶自私冷漠、固执冒失时，请你看到他们洒脱下的敏感、疯狂后的悲伤、人声鼎沸时的孤独和坚强时竭力掩饰的脆弱。

这就是介于疯子与常人、天才与愚人之间的水瓶座。

若你懂他，请爱护他；若你不懂，让他自由。

目 录

第二辑　偶尔羡慕爱情，偶尔庆幸自由

第三辑　愿我们再遇见时，都能比现在过得更好

第四辑　梦想还是要有的，万一有一天它实现了呢

第五辑　不亏待每一份热情，不讨好任何一份冷漠

第六辑　你所看到的坚强，只是他竭力掩饰下的脆弱

第一辑

和喜欢的人千言万语，和其他人一字不提

不得不说，成熟的水瓶座对待感情是非常执着的。如果你是水瓶座的爱人，那么你一定能够清晰地感觉到，他在对待你和对待旁人时的区别。能熬过七年之痒的星座寥寥无几，水瓶座就是其中一个。许多年后你会发现，瓶子身边的恋人，还是你最早见到的那个人。

水瓶座虽然常常神秘莫测，让人难以捉摸，但是水瓶会在爱人的面前摘下面具，展现出自己真实的一面，会把自己内心最柔软、最没有防备的地方展露出来，完全对爱没有戒心和算计，将自己的心里话全部说给自己认定的那个人。同时，当你没有安全感或是有不安定的情绪时，水瓶会给你带来安全感，给你幸福，让你安定。

如果思念有声音，恐怕你早已嫌我吵了

处在热恋中的水瓶座是头可断、血可流，爱人不能丢。即便是分开，爱人在他们的生活里消失了，也会存在于他们的心里，永远都在。爱人的一切，喜怒哀乐、衣食住行，他们都会默默地关注打听，会一直记得，直到有一天，他们把自己也忘了。

有人说水瓶座是天生的演说家，常常妙语连珠，常常语不惊人死不休，可当他们面对爱情这个软肋时，没有人会明白水瓶座永远说不出口的想念。

关于想念你这件事，
躲得过对酒当歌的夜，
躲不过四下无人的街。

假若你爱他，也不过是他值得你爱，也不过是上天让你遇到了他。假若他爱你，也不过是你值得他爱，也不过是上天让他遇到了你。

幸运之神的降临，往往只是因为你多看了一眼，多想了一下，多走了一步。

而思念这东西，要么毫无踪迹，要么铺天盖地。

好想时间就这么慢慢流淌，悠悠荡荡，像留声机中的歌曲，古老悠扬，又似蜡烛上的一缕尘烟，袅袅娜娜。沏上一壶清茶，坐在门口的青石板凳上，眺望远处的烟雨疏影，静静地等候，等候着风尘仆仆，他的归航。

好想带上一份如春天般明快的心情，和他一起去看莫奈画中的花田。在那里，他采撷一束紫色的罂粟花，把它插在了你的鬓角，让你成为一个春天里的女孩，有着缤纷无休的梦想和

明亮的眼睛。

只想，好好在一起，即使近在咫尺远在天边，心灵的默契也早已成为一种习惯。即使默默无言静听花语，一次回眸一种云水相望的目光，也足以融化天山上的雪莲，晕醉了一座梦的城池。

真的好想，在悠悠的时光中，在紫色的花田里，与他一起播下一颗心灵的种子，任凭岁月催人老，爱的常青树，却将永远枝繁叶茂不会枯萎。

假如没有遇上他，也就没有以后漫长的思念折磨，你也许过着如从前一样的生活，然而，要是没有这样一份遇见，你不会知道，有一种情感，痛着流泪，笑着想念，却依然令人如痴如醉。思念像毒药一样，侵蚀你的灵魂；像毒品一样，啃噬着全身的骨头。

或许这种感情本身就是一株罂粟，能让人上瘾。

徐志摩曾经说过：一生至少该有一次，为了某个人而忘了自己，不求有结果，不求同行，不求曾经拥有，甚至不求你爱我，只求在我最美的年华里，遇到你。这就是最美的爱情。

如果你是水瓶座的爱人，那么你一定能够清晰地感觉到，他在对待你和对待旁人时的区别。能熬过七年之痒的星座寥寥无几，水瓶座就是其中一个。许多年后你会发现，瓶子身边的恋人，还是你最早见到的那个人。

Aquarius

你这一生大多数时间都在爱，爱自己，爱家人，爱另一半，爱生活，爱拥有的一切。每个人心里都有一段独家思念。

想念一个人的滋味，怎么也无法说得清楚，那心房里就像长满了莎草，即使是微风轻微的拂过，也能引起哗哗的颤响，脑海里回荡着全是他的名字，全是他的声音，全是他的笑脸，全是他所有的一切。

想念一个人的滋味，手机总是拿在手里，却还是颓然地放下，一遍又一遍地拨着那几个熟透于心的阿拉伯数字；当电话铃声响起时，总是会心慌意乱不知所措，看见来电显示是那熟悉的号码时，更是兴奋不已，满身的血液似乎在一瞬间涌上了大脑，满脸的红晕。

想念一个人的滋味，总是呆坐在电脑前，对着屏幕发呆，屏幕上的及身边现实的世界都已经消失不见了，脑海里却一遍遍反复地想着，此时此刻的他，在哪里？在干什么？是不是也体会到了这份思念？是不是一样也会心有灵犀而会心神不安？

想念一个人的滋味，放下自己所有的矜持，听风起舞，看见天空中飞翔的鸟儿，多么希望自己能够插上翅膀，飞到他的身边，这就是你的快乐。想念他的感觉，随着音乐声，已经深

水瓶座像是已经超凡脱俗的仙人一样，自由对他们来说是最基本的生活条件。在精神和爱情上，绝对的崇尚自由。他们有着一颗说走就走的心，喜欢追求自己的生活，带有最重的个人主义色彩，个性独特，不受拘束。水瓶座爱自由指数高达五颗星。

深地深入到灵魂里。

想念一个人的滋味，抛开对任何事物的感念，一心一意的只是想他。一个凝眸、一个微笑、一声温柔的低语，便让你所有的付出都觉得无怨无悔。

想念一个人的滋味，是明明很气恼，却在见到他的一瞬间都消失得无影无踪，觉得心情似乎轻盈得可以跳起来，嘴里哼着歌，似乎世界都是自己的，知道他就在你的心中，而你也在他心中。

他的微微一笑，拨动的是你的心弦，他的心弦也在随着你而应和着，分明没有语言，却仿佛看见满空飘飞着玫瑰的香味，却都比不了你身上的清新自然。只希望天长地久，只是想着他恋着他，就像拥有了整个世界。深深浅浅的思念，都是只为他而发。

梦里，你伏在他的肩上，深闻着他的气息。醒来，窗外阳光明媚。落雨的季节里，飘落的不止是缠绵如丝的雨线，飘飞的是你对他的想念。一滴滴的水花四溅在潮湿的台阶上，犹如你无声的泪水。林荫夹道下的清爽里有他的相伴，心灵也在歌

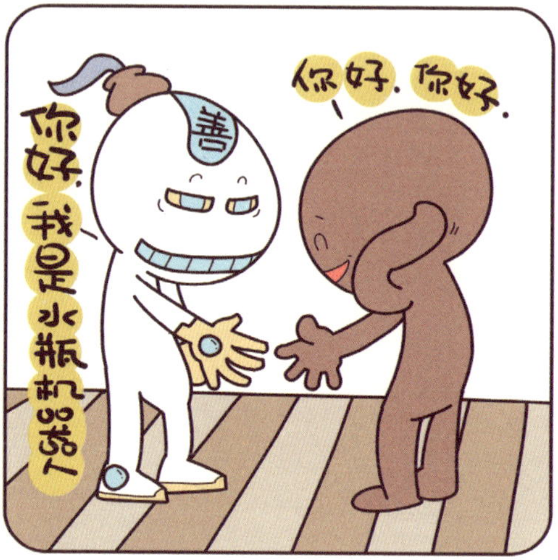

大概是因为水瓶座出厂的时候就设置了善良属性，所以瓶子最讨厌和别人吵架了。不管和谁闹别扭，瓶子都是抱着闹一闹的态度，以后一定会找机会和好的，对水瓶来说，恨人这种事太累了，比爱一个人还难呢。

Aquarius

唱，每一个细胞都在舞蹈。

思念的长线是他永远收不到的讯号，但在你的记忆中，总有一些人、一些事，在反反复复的回忆中出现，即使有一天你忘了他的模样，仍会记得思念他时微微心痛又甜蜜的感觉。

水瓶座看起来疯疯癫癫，忽冷忽热，阴晴不定，喜怒无常，爱恨飘忽。可是，其实你不知道，你对水瓶座的那些爱，他都记在小本子上，珍藏在他的星球里呢。

Aquarius

比 起 天 黑 与 惊 雷 ，
我 更 怕 你 心 酸 和 皱 眉

水瓶座不会花言巧语，水瓶爱一个人总是平平淡淡。很多人因此觉得水瓶对爱情不够热忱，其实不是。越往后，水瓶越爱你。

对于水瓶来说，疼一个人，根本不用昭告天下。水瓶认为最真的表白是欲言又止的沉默，真正的爱是用最深沉的方式表现出来的，只有轻浮的感情才会热烈得不真实。水瓶若爱你，就会默默地疼你到骨子里。

水瓶座相信时间会让爱情说真话。

当你心疼一个人的时候，
爱，已经住进了你心里。
温柔可以伪装，浪漫可以制造，美丽可以修饰，
只有心疼才是最原始的情感。

爱那么伤人，可是爱实在太美好。所以，我们前仆后继。

爱那么美好，虽然那么伤人。所以，我们都是一只不死鸟。

一个懂你的人，胜过万千过客；一句懂你的话，更可比无数安慰；一句心疼，暖到落泪。

一颗真心，无须花言巧语，久了总会知道；一份真情，无须能说会道，时间会让你看清。人与人，生情有因，聚散是缘。风雨吹散的是虚情，留下的是真意。

如果一个人心疼你，当你的世界有了阴霾，他的世界便开始下雨；你有了疼痛，他也就有了伤心。当你寝食难安的时候，他难受得粒米不进。当午夜你的肺腑之间有着丝丝缕缕疼痛的时候，他也在承受着折磨。他会对你说："对不起，亲爱的，在你最痛苦的时候，我没能陪你在身边，但是，我的心一刻也不曾离开过你，我为你祈祷，无论面对的是什么，让我们一起

分担。”

如果一个人心疼你，他愿意与你一起痛苦一起开心。对他来说最好的，是一起活着，哪怕一起死去。他不跟你说赌气的话，他不跟你说狠话，他不跟你无病呻吟，他不跟你故作矫情。

如果一个人心疼你，他会给你一个最真实的他，最真心实意的他，让你再不受丝毫痛苦。

嗯，没有别的，他只是心疼你。

那个把你疼在心里的人知道，这一生他都只想爱你，他都只想跟你走。无论去哪里，只要有你，对他来说就是全世界。

他爱你，愿意为了你放弃世界。也许爱一个人是轰轰烈烈的，不计较任何结果。

相同的命运让你们彼此之间的心越走越近，而你们的感情随着时间的推移越来越深刻。

相信有很多人会质问，“你对我这么好，帮我这么多忙，为我着想，无论发生什么你都会站在我身后，到底是为了什么，图什么？”

其实答案没那么复杂烦琐、丰富多彩。当一个人能够长久

水瓶座的人总能将自己所想变成真实的行动，他们始终保持着一颗热忱童真的心，去努力去热爱。他们认为只有这样才是真正的快乐，才对得起自己。他们从来都只属于他们自己，似乎没有任何人可以完全地占有他们。

Aquarius

如果没有遇见过水瓶座，你的生活里会少了很多乐趣和温暖。比如不正经的笑话，酸溜溜的段子，还有遇事时的冷静和安静时的倾听。水瓶总是能用听上去很无理取闹的话，给你灌一些合情合理的鸡汤，大概这也是种特别的暖吧。

地如此对待你，他图的就是用自己的全部，换一条通往你心里的路。

时间带走的是生命过客，留下的却是真心人。喝醉了，才知道你最爱谁；生病了，才知道谁最爱你；在低谷时，才知道谁会真心陪你。

顺水推舟人人会，患难与共却很难。平淡地活着，有人在乎，就是幸福，有人心疼，就是温暖。

也曾吹过春天慵懒的风，也曾走过夏夜无人的街，也曾踩过秋天路边的落叶，也曾想念冬夜里的飞雪。

希望你能知道，世界是一封情书，“我爱你”没有句号。

真情本无语，尽在珍惜，尽在陪伴。爱到深处，是心疼。之所以爱，是因情已经融入生命；之所以疼，只因懂你的脆弱，呵护已深植心中。

知你的泪，明你的醉，是毫不犹豫地默默给予，是全心全意地竭尽所能。不奢求多情，只怜惜最爱；不承诺永远，只拿真心与其回应。

感情，重在知心，懂心；爱情，贵在珍惜，心疼。

谁不是遇到了爱情，才苏醒过来的呢

别以为水瓶很洒脱，很多时候，他们比任何人都要敏感，都要细腻，但他们不会让你知道。

喜欢水瓶的人要注意了，你一定要很主动很自信才行。水瓶不喜欢自负的人，不自私、有主见的人是他们所欣赏的。水瓶很能忍，不开心的事都爱藏在心里不说，所以水瓶的恋人一定要是一个善解人意的人。

如果水瓶找到了真爱，他们就会从过去苏醒过来，会毫不犹豫地停下来，从此放弃心灵的漂泊。

你总是唱一首老歌寄情，再为几杯新酒入迷。
你把过去写成书信，又把爱人出成字谜。
沉默似年轮，时间变日历，有人从不说“我爱你”，
却做好了一切准备，随时和你一起走。

爱一个人，不需要条件，只需要一个契机、一个理由、一个因素。

比如他很英俊、他有才华、他的笑容很阳光、他穿白色袜子、他身上有淡淡的香气，或者那夜太冷他为你披衣，你将跌倒的瞬间他扶了你……这些已足以令你欢喜。

爱上她，也许只是因为她裙角飞扬、她长发飘飘、她腰肢婀娜、她的长睫毛上有泪珠、她的低声细语、她回眸一笑、她身上清香的气息、她披头散发为你煮粥喂药……刹那间的心动，便奏响爱的序曲。

感恩世间所有的缘，眼光交会的那一刻，抵得上万千的暖。遇见，丰盈了岁月，装点了人生的色彩，唯美了生命的诗行，是时光赠予的纯美，于灵魂深处开出最美的花朵，芬芳着生命的一程又一程。

终于明白爱情是一种遇见，不能制造也不能预期，一个人

的时候，爱情会寂寞；两个人的时候，爱情会麻烦。爱与不爱，与结局无关，爱着的每一刻就是永远。

生活就离不开爱情，而爱情在所有感受中，给人的感官与身体的体验却是最强烈的，无与伦比的，是震撼人心的。

有爱的日子，心自成暖；有他的日子，温婉绵长。最好的情感，不是山盟海誓的承诺，不是刻骨铭心的期许，长久的陪伴，才是最温柔的善待。

林夕说过：“我们都是风雪夜中的赶路人，因相遇摩擦，融化了彼此肩头的雪花，而后因为各自的路线不同，相距越来越远，雪花再覆肩头。”

回到故事的最初，有多少熟悉的身影，在时光的剪影中，若隐若现；有多少温润的情意，在岁月的流逝中，若即若离。

《睡美人》的故事里，仙女们赐予小公主祝福，比如湖水似的眼睛、绸缎般的头发、善良的心之类的。只有女巫诅咒公主只有得到真爱之吻才能醒过来。

小时候很怕女巫，可现在想想，其实只有女巫送给了公主最好的礼物，谁不是遇到了真爱，才苏醒过来的呢。

这世上看似最繁杂恼人的爱情，让我们又哭又笑的爱情，其实当你用一颗简单真挚的心去对待它，那么一切都变得明朗轻松。

世界上最动听的词语，是为你写诗，为你画画，为你弹琴，为你学会了做一切能让彼此变得更好的事情。

一粥一饭，一汤一水，一尺又一尺光阴，爱情因为这种种改变，而变得豁达明亮。它敲碎了你们身上的坚壳。

就像有人说过的：因为喜欢，所以情愿。当你变得心甘情愿，一切繁芜的表相都会褪去，一切喧嚣都会静好，变得简单，简单到无须刻意讨好，无须处心积虑，无须使用心机手段，无须防范戒备，无须步步为营，那时就会觉得，就是他了。那时也会心甘情愿，现世安稳，岁月柔和，一起慢慢变老。

我不喜欢这个世界，我只喜欢你

水瓶座绝对不会对自己不喜欢的人花言巧语，所以当水瓶爱上你的时候，不用怀疑，你已经成为世界上最幸福的人了。

水瓶看起来疯疯癫癫，忽冷忽热，阴晴不定，喜怒无常，爱恨飘忽，可是，其实你不知道，你对水瓶座的那些爱，他都记在小本子上，珍藏在他的星球里呢。

只要给水瓶绝对的信任，水瓶会还给你最浪漫最温暖的一生。

喜欢那个人的时候觉得他什么都好，
恨不得将整个世界都给他。
当整个世界的人都想对他好的时候，
又开始沮丧，希望没有人认识他。

爱情，有时候它就是一种无解的毒，当到了一定的时间毒素就会消失，在它消失之前就算用神仙妙药也无法解毒。

当你很喜欢一个人，他的一颦一笑都被深深地刻在你心里，他说过甚至他自己都忘记的话，你却记得。你热烈极了，不可思议地尾随其左右，愿意随其至天涯。

那样忘我地喜欢，也许是某一个动作，也许是某一种感觉，就是说不上喜欢他的原因。

爱一个人，心甘情愿才能理所当然，理所当然才会义无反顾。

爱上一个人容易，等平淡过后，还能坚守那份诺言，就不容易了。爱，从来不是迎合。吵不散，骂不走，才算是真爱。

其实，真爱一个人，你会陷入情不自禁的旋涡中。他让你流泪，让你失望，即便这样，他站在那里，你还是会走过去牵他的手，不由自主。

许多人以为，两个人熟悉得像亲人就没爱情了。其实爱到平淡，才是一生的开始。浓烈的爱往往是流动的，爱你也会爱别人。所以重要的不是爱上你，而是只爱你一个。重要的不是爱有多深，而是能爱到底。找人恋爱很容易，难的是一辈子。所以请记住这句话：爱到亲人，才是永恒。

其实一辈子真的很短，远没有我们想象的那么长，永远也真的没有多远，所以不妨对爱你的人好一点，也对自己好一点。

有些人，在不经意的时间相遇；有些事，在不经意间开始；有些爱，在不经意中刻骨。有一种感情，无法抑制，当它来临时汹涌澎湃；有一种想念，根深蒂固扎根在心中，无法一次倾泻而出；有一种人，爱了就想爱一辈子。

谁的笔下没有一份痴心的妖娆？谁的心扉没有一眸多情的妩媚？总有一份无悔在夜色弥漫里坚守。

假如没有爱的经历，人生就不会在蜕变中深刻成熟。来过的情感已经在心底生根，即便枯萎了枝蔓，根须却已经在心底的土壤里蔓延驻扎得太远太深。

每个人的眼里，都有一抹不曾老去的容颜，时而清晰，时而恍惚。每个人的岁月里，总有一些难舍的片段，永远不会忘记，不会消失在静静的河岸。那些感动了我们心灵的时光，将永远停留在那清香的时刻。

都说爱一个人，由天由人却由不得自己。投入一段情，无奢无求却真情难收。时光的倒影里，你为谁多了一份安静的遐思。

什么才是真爱？

爱是擦干了又不经意湿了的那双眼睛；是转过身去却在心底千百次的回眸；是为了你付出了自己一生的骄傲和勇气；是风起的时候将你紧紧地拥抱在痴狂的梦里。

人太渺小，不是每一道亮丽的风景都能拥有。人的一生总有许多的眷恋，总有说不清的思绪和期盼，这一生之中最奢侈的事，就是在途中有一份美丽相遇，然后相濡以沫，一路共闻花香，相伴到老。

有钱的给你物质，有时间的给你陪伴，有情调的给你浪漫，那些都不是爱情。真正爱情的模样，应该是花心的为你专一，爱玩的为你安定，性急的为你等待，爱逃避的为你坚持，骄傲的为你谦卑。

因为你，去尝试不擅长的事情，这才是爱情最傻最真实的样子吧。

他若爱你，一定比你还了解你自己

水瓶平常看起来对感情有点花心，其实他们对自己的感情非常负责。他们经过情场磨炼之后，会把感情放在一个重要的位置。水瓶一旦喜欢你就恨不得把你宠上天，哪怕你说你喜欢另外一个地球，他也能立马研究飞船怎么开。

水瓶不会同时把感情付出给几个人，他只会不断地寻找属于自己的那个，让自己真正地去了解爱人，体贴爱人，他们会无条件地包容爱人的一切。

婚后对感情十分专一，也是水瓶座独具魅力的性格特点。

汹涌而至的爱，来得快去得也快。
真正对你好的人，往往是细水长流。
好的感情，不是一下子就把你感动晕，
而是细水长流地把你宠坏。

你爱上一个人，因为他脱俗的气质，因为他运筹帷幄的魄力。你常常像崇拜明星一样，钟情于一个人。

那时候觉得他很有力量，似乎能拯救你，能带你进入想要的生活。

这种最初的崇拜，却往往会让你盲目。

无论一个人是花魁、总统、财阀还是行业大拿，只要你成为他亲密的人，你会更多看到其不为人知、不善伪装的一面。

他工作的时候光鲜亮丽，但可能私下里非常邋遢、懒惰，常常疲倦得大脑短路；他看起来魅力十足，是社交达人，但可能回到家就疲惫得只会睡觉；他在圈子里是有名的攻坚人才，但在你的身边却十分软弱，事业上的一点失利都会令他心情烦躁，极易发脾气。

如果你一直迷恋着他闪耀的部分，当你发现他呈现给你的

更多是疲惫的话，那你注定要失望。

这种失望摔下来很疼，而且很有杀伤力。所以我们常看到一个男子疯狂追求一个女孩，但在得到后就弃如敝履；一个女孩迷恋一个优秀的男子，拥有他后却发现不是自己要的幸福。这时候，心里充满失望的人，难免会放弃爱情。

而我们，毕生都在寻找的，不过就是一个能够看到你坚强下的软弱，看透你笑容下的泪水，看穿你华丽下的孤寂，一个能够比你还了解你自己的人，一个用心疼你的人。

关于“爱”这个古老而又唯美的话题，在人生的旅途里，如一道涓涓细流汇集的长河，一生的曲折奔波，只为涌入大海的怀抱，可耗尽毕生的流淌，也填不满大海的奢望，所以说，爱似乎是无法满足的。

每一段爱的开始都很浓烈，我们往往会像“打了鸡血”一样，拼上精力去让对方爱上自己。但在时间的磨合中激情又容易稀释，爱很脆弱，谁又敢说自己的爱坚如磐石呢。

疲惫常常是一个人最安全时所表达出来的常态。再耀眼的人，也需要暗淡来休憩。当他不必再强撑着装有精神给你看

了，说明他真的信任你，不要再要求他也像对其他人那样“强打精神”地对你。

爱情，有着雾的浪漫、雨的酣畅、云的跌宕、露的灵犀、霜的冷漠、雪的洁白、冰的剔透。年少的时候，总是向往轰轰烈烈的生活，期待能有一场惊天动地的爱情，即便是花香也喜欢浓郁醉人的。

等到当初的那份期待与热烈，被岁月消磨得荡然无存，心中多了一份淡然，以及对爱情真谛的领悟。其实爱情的味道不是浓郁的芬芳，而是淡淡的幽香。

一个愿意花时间陪伴你的人，是爱你的人；一个可以解读你内心悲喜的人，是懂你的人。

爱是一种持久的守侯。相爱容易相处难，一份真正的爱经得起左手摸右手的平淡，爱的精华在此刻才真正意义上的体现出来。

人生若只如初见是美好的心灵之约，万物都经历四季的洗礼与磨炼由新到旧，再柔媚旖

旋的感情都要经过柴米油盐、穿衣吃饭的生活琐事的磨砺，天长地久也不可能总是朝朝暮暮的缠绵，每一段爱情的始末都要归于平淡，鲜花绿叶在光合作用下才得已生存，开花结果。

感情也是如此，舒展坦然地对待自己的爱人，让爱无瑕疵，无隐晦，像经营一份事业一样专注地维护，用心爱，用心包容，用心了解，用心忍耐，只要静下心来都会品尝到淡中带甜的那份持久的甜。

因为爱，你可以忍耐它许多无情的地方，这才叫爱情。

在戒掉呼吸和戒掉你之间，我选择前者

水瓶一生都纠结于感情，他们对感情的认真超过了任何其他星座的人，以至于很少有人能够理解水瓶对感情的专注，也正因如此，水瓶座的人大都只能用装傻来掩盖不被理解的尴尬，久而久之，装傻的功夫真的炉火纯青，骗到所有人。

水瓶如果说爱你，必定是真的爱你。他们是那种宁愿戒掉呼吸，都不肯忘记爱人的人，那种义无反顾，是许多人一辈子都无法体会的勇气。

我这一生去过世界上很多地方，看了很多风景，
才知道，我最想去的地方，是你的心里。

只有爱能让人完全失去理智，颠倒黑白，恨不得毁灭世界来成全那份爱。

爱，一定是上帝设计人类时留下的程序漏洞。一旦中了木马，全线瘫痪，再无清醒可言。

光阴能改变很多东西，比如容颜、比如心态，但也有光阴无法改变和抹灭的，比如深情、比如执着。

爱上一个人其实是爱上一种感觉，一种只有对方才能给的感觉。

其实触动人心的东西，往往是最平凡中的不离不弃，你会怀念爱人什么，一定不只是山盟海誓，更多的是怀念很细小的细节，哄你，呵护你，疼你……感人肺腑的情意，往往是最真实的风雨同行。没有不能相守的情，只有不愿付出的心；没有不能永恒的爱，只有不知守护的人。

感情中最可贵的，就是有人一直在乎你。情到浓时无怨尤，爱到深处心不悔。因为在乎，因为太爱，即使付出一切也是值得的。

爱，是以心依赖，只有懂得才能自然而然地去爱；情，是与共取暖，只有陪伴才能见证真挚的情感。平凡的陪伴看似平淡无奇，其实是珍惜眼前；理解的懂得看似简单随意，其实是善待心间。

感情的世界里，陪伴与懂得比爱情本身更重要。

生命中最大的收获，就是拥有一个一直陪伴你身边的人。最深的爱无须许下诺言，总是在相依相伴中把体贴展现；最纯的情无须语言，总是默默无声地守候身边。

人生的路上风雨兼程，劳碌的生活嘘寒问暖。也许你并不完美，但在爱你的人的眼里就是最美；也许你并不富有，但在爱你的人的心里，就是永远的归宿。

人生最长久的拥有，不是珍视一阵子，而

是珍惜一辈子。

所谓永恒的爱，就是从青春红颜一直牵手到两鬓斑白，从爱到平淡一直到平淡是爱。

爱，是这个世界上最真的情怀。爱得太真，感情上往往很脆弱。因为动了真心，不经意的漠不关心会隐隐伤心；因为付出真情，情不自禁到倾尽所有的深情。总怕被忽略，所以敏感到胡思乱想；唯恐被辜负，所以卑微到失去自我。

如果你真的很爱一个人，他一句话就可以让你肝肠寸断或者火冒三丈。他一离开你身边，你就会牵肠挂肚，很想念他。

如果你真的很爱一个人，为他打理所有的家务根本不算什么，因为太甘愿，你会想为他付出很多还有更多。

你很爱很爱他，你觉得爱一个人真的好累，可是爱一个人也真的好快乐。因为看到他快乐，知道他很平安，然后看见他的梦想实现的时候，那种快乐，比他对你好还要更快乐。

所以你开始了解，原来当我们很爱一个人的时候，才有可能学会爱的真谛。我们才会知道爱是付出不是掠夺，爱是分享不是占有。你就会知道一切美好的化学变化都会在你身上发

生，这绝对不是一个人可以达到的效果。

爱一个人，由天由人却由不得自己；投入一段情，无奢无求却真情难收。不由自主只因刻骨铭心，不离不弃只因无法代替。总是心有期待，才有灯火阑珊处的望眼等待。总是心怀善待，才有心甘情愿地付出所有，习惯地依赖。

也许你的世界一无所有，但在爱你的人的心里，你就是全世界。

还有多少卑微的感情，能一直坚持着爱，珍惜一个深爱你的人，更要珍藏一颗为你融入生命的心。

你是高贵的绝版书，
而我是执拗的读书人

水瓶座的人外冷内热，其实对感情非常执着，而且是别人劝也劝不了的那种。

对水瓶座来说，让他们有感觉的东西真的不多，倘若这段缘分已经触动他，那么今生缘今世了结，无论如何他也只能遵从内心的声音，面对自己爱上的事实。即使现在无缘也很有耐心，即使花费数年甚至数十年的光阴，都可能一直等待下去。

我见过春日夏风秋叶冬雪，
也踏遍南水北山东路西岭，
可这四季春秋，苍山泱水，
都不及你冲我展眉一笑。

爱一个人，就是在漫长的时光里和他一起成长，在人生最后的岁月一同凋零。你执拗着自己的选择，你不说悔恨，更不想流泪。

爱一个人，就会重新写一本日志，记载的不是琐碎而甘美的刹那，不是无病嗟叹的难过，满页都是自己的坚持和执着，它真诚又棱角分明。

有些事情是可以遗忘的，有些事情是可以纪念的，有些事情能够心甘情愿，有些事情一直无能为力，比如你爱他。比如，你能想到最浪漫的事，就是和他一起慢慢变老。

这样平淡的语言却是爱的心语。不管贫瘠，不管富贵，不管扎根在哪里，不管凋谢在哪里，只要在一起，便是最大的幸福。

其实，一生只有一次挚爱已经足够，经历的太多了，会麻

木；分离多了，会习惯；换恋人多了，会比较；到最后，你会不再相信爱情。

这个世界上原本就不存在天造地设的一对，只有付诸努力成为越来越适合彼此的对方。哪有量身定做的爱情，一次次的点点滴滴，积攒起来，就是一生了。

生命中有一种爱，有一种懂你，是安静的，是无求的。

不想说明，只愿心懂；不求回报，只愿爱在。爱很轻，不惊扰彼此的世界，只在灵魂深处同行；爱很静，不妨碍彼此的生活，只在精神领域共鸣。能够彼此相望的眼睛，是最美的风景；能够彼此相知的心灵，是最暖的感应。

我们总以为爱对了是爱情，爱错了就是邂逅，然而对错哪有那么容易分得清，无非时间作祟，可时间过得越久，对错也就越不重要，只要愿意坚持，一切都是对的。

爱情就是有这个魔力，让你觉得全世界好像和你有关的只有他。他笑了，世界就晴了。

一直憧憬，夕阳下一对头发斑白的老人那相偎相依的情景，有着一前一后被日光拉长的瘦小的身影。那些繁华琉璃背

后所说的地老天荒，海枯石烂，在时光的摧残下终究会无情地破碎，而这样平凡的爱，却毫不卑微。

幸福也许就是两个在一起相爱的人，可以一同生活、一同驱赶黑夜中的寂寞。这样，寒冷就不再寒冷，寂寞也杳无音信。

对于爱情，越单纯越幸福。

忘记一个人，也许很难，爱一个人，也许很简单。简简单单的爱着，看似简单，其实很难。但是，简简单单的爱，把原本平凡的日子过成永远，才是最美最真的幸福。

爱情，就是需要两个人心照不宣地爱着，心甘情愿地爱着，这样，爱情才会长久，才会在平凡的岁月里，开出绚烂至极的花朵，长久，温情。

对整个世界而言，你可能只是微不足道的一个人，但对他而言，你是他的全世界。

你总觉得自己不重要，不是因为没能征服

世界，而是因为你不能帮到他，不能解他烦忧，不能护他安康。

在世界中拥有的头衔再多，也不如在他心中拥有一席之位来得快乐。对你而言，幸福的价值，就是他肯一直为你在心里留着位子。

你爱他，所以一切都相信，所以傻傻地爱着，所以天真地执着着。即使受委屈了，如果能看到他那份笑容，你一样能甜甜地笑。

你爱他，明知自己不应该陷太深，可从一开始，就不顾一切地陷入了。

你爱他，不需要太多，他的一点点安慰就能使你不伤心，他小小的拥抱，就能给你大大的满足。

如果执着是一种病，你已病入膏肓。

未来很遥远，你愿陪他颠沛流离，你想和他一起躺在麦田里，共同守望成熟的气息，你想和他一起站在星空下，共同仰望逝去的年华。

第二辑

偶尔羡慕爱情，偶尔庆幸自由

水瓶座的人，像是已经超凡脱俗的人，像那随时准备升天的仙人一样，自由对他们来说是最基本的生活条件。在精神生活和爱情上，水瓶绝对地崇尚自由。他们有着一颗说走就走的心，因此他们爱自由指数也高达五颗星。水瓶座喜欢追求自己的生活，带有强烈的个人主义色彩，有风一般的性格，个性独特，喜欢自由、不受拘束。他们没有阶级观念，无贫贱富贵之分，尊重个人意愿。

水瓶座崇尚人道主义与理想主义，喜、怒、哀、乐的情绪较为分明，常常被自己的情绪困住。外表上呈现冷漠与热情交替变化的形态，以保守性格追求自由、开放与前进。你不会觉得他是个冷漠的人，也不会认定他是个热情的人，总是感到他的天真与世故不断地交错运作。

你喜欢清风安稳，我却独爱烈风漂泊

追逐自由和个性是水瓶座的第一需要。水瓶会被各种不同的新鲜事物所吸引，他们希望拥有一些自己的空间和自主权，但这并不代表他们的行为大胆开放，拒绝接受传统教条。

水瓶座是真的缺乏安全感，不想安定不愿踏实，患得患失又死不承认。他们所追求的自由是精神上、思想上的。他们对于任何事都有自己的目标，忠于自己的原则，不想被人轻易改变。别看水瓶会玩，但其实也情深。

我爱过不该爱的人，也放过不该放的手；
我喝过很烈的酒，也尝过很燥的风；
我念过写不完的诗歌，也到过梦里的远方。
唯愿，从前不回头，往后不将就。

芸芸众生，男男女女都在路上，千回百转里，都以功成名就为最终目的，唯有你例外，你像一朵深藏在岁月中的雪莲，在那厚如城墙一般的守望里，你的目光如冰山融化了的水，你流淌着清澈的气韵，你奔腾着梦的希冀，你弥漫着那暖暖的阳光。

你很想拥有自由，去流浪，去爱，去梦想。

你想做一个流浪者，去环游世界，乘着豪华游轮的下等舱，靠在小小的玻璃上看大海，在那些穷艺术家和怀着梦想的小孩中间，忘记那些伤害，忘记很多悲哀。

你想去环游世界，走遍每一个角落，然后带着一支笛子和一条狗，这样，你就有了乞讨的工具和夜晚孤寂后的伙伴。

你想燃起一堆篝火，一边啃着面包，一边坐在大教堂的钟楼里数着天上的星星，然后慢慢睡着，慢慢做梦。

你想走遍每一个角落，然后拍下每一张笑脸，记录每一滴泪，幸福和伤悲总是相辅相成，然而你却希望每个善良的人都能忘记伤害，享受幸福。

你想亲吻每一朵花，每一片叶，每个人都会经历悲恸和哀伤，可是你依然愿意选择相信，世界上的美好像涓涓的泉水，无声无息，却无处不在。

你想亲吻午后的阳光，然后牵着你的狗去流浪，在萨尔茨堡的广场，在罗马的喷泉，在巴黎的无名街，在威尼斯的小桥，驻足在小小的画廊前，欣赏每一笔的色彩，每一瞬的画面，每一丝的灵感和每一个小画家的大梦想。

你想牵着你的狗去流浪，去享受每一寸风，去非洲的草原，去加勒比海，去高加索山，去南极，去每一个你能到达的地方，去你可以拥抱的每一寸土地，去感受生命的伟大，去忘记过去小小的忧伤。

你想去享受每一寸风，去享受生命剩下的每一寸时光，抚去眼角的泪水，缝好内心的伤，抬起头看着天空，看着远方的雪山，看着飞翔的鸟，幻想自己也有一双翅膀，不是逃离现在的苦痛，而是迎接未来的美丽，不是因为现在的伤害而失去信

心，只是因为完全放下曾经付出的真心，然后勇敢地跨向更远的土地。

你想去享受生命剩下的每一寸时光，你要去享受世间所有的美好和幸福，去经历、去感受、去同情、去怜惜，然后回到你的家，张开你的双臂，拥抱你最爱的朋友和亲人，然后用你余下的生命，去爱、去奋斗、去找寻和实现理想。

你想做一个流浪者，带着爱和烈酒。

在年华围就的池塘中，你是月下的花蕾，你在如水的月华中入眠。你忘了荣华的动人心魄，你忘了富贵的万众瞩目，你只是你，你认为月光悠然才是锦绣人生，你是永远的淡泊。

无须讨好世界，
且让自己欢喜

不按常理出牌是水瓶一贯的处事风格，他们跳脱的思维一会儿上天一会儿遁地，时不时还打个盹儿，在你感到他们即将清醒的时候，突然一下他们又昏死过去，然后眯着眼睛不屑道：“我就是和你们不一样。”水瓶座相信自由是永恒的。他们最讨厌的就是条条框框的生活了，一成不变会让他们窒息，只有变化才能满足他们浮动的心灵。

在这个充斥着虚伪假面的世界里，水瓶们不屑于去讨好别人，你可以说他们天生孤傲或是不合群，他们根本不会在意外界的指指点点，自己的精神世界对他们来说才是天堂。

你曾如此期盼外界的认可，到后来才知道，
世界是自己的，与他人无关。
世界上最难得的事，
就是你从始至终都没有变过。

走过一段路，便在生命的历程中多看见了一片风景；听过一首歌，便在情感的挣扎里品味到了一种爱；经历一些事，便在微笑的嘴角处看懂了一些人。

做真实的自己就像一次奇妙的探险，有险滩，有急流，有鸟语，有花香。

你若悲观，全世界都是一片黑暗；你若欢喜，全世界都是一片清明。

我们所谓的青春，被我们轻易地安置在了那些充满各种梦想的漫漫岁月里，被阳光浸泡。

那个被我们俗称为青春的家伙，就站在温热的阳光下，心不在焉地朝我们轻轻地挥挥手，便消失在了一片片的灿烂里，只剩下孤单的光光点点和站在原地的我们。

芳华若水，流光几度。不知道什么时候起，时光的雕刀削圆了青春的棱角。

社会中的我们终日里做着看似和谐的表面文章，心里极不情愿却表现得满面春风。你开始迷茫、想哭，甚至讨厌自己。你发现自己一直努力地变成别人喜欢的样子，到头来连自己都忘了真实的自己。

迷茫其实没有错，年轻的时候，没人会告诉你正确的答案，或许这个世界上根本就不存在正确答案。你心里所想，便是一切。你想做哪一种人，想过哪一类生活，想爱什么样的人，这都是你自己的问题，也只有你自己能给自己答案和救赎。

时间宝贵，不要虚掷光阴过着他人的生活。不要让周遭的聒噪言论蒙蔽你内心的声音。抬起头来走自己的路，随处可栖，又来去潇洒；哭就尽情尽兴，笑就仰天大笑；工作就俯下身段，恋爱就抛弃芥蒂；走路就甩开手臂，旅行就放空头脑；对喜欢的人趁着好时光，尽情地告白。

在自然界这个复杂的环境中，我们每个人都在挣扎中撰写自己的人生。每个人，都是独特的风景。你站在桥上看风景

时，看风景的人在楼上看你。

不必艳羡他人，你该学会相信自己，再学会欣赏自己，试着把自己最亮丽的一面找出来，并呈现在阳光下。生命是自己的，除了必要的担当，更该为自己活着。

活在真实的生活里，“吃饭好好吃，睡觉好好睡，走路好好走，说话好好说”。这看似简单的事情，能做到的时刻其实并不多，身心合一是一场修炼。

过自己喜欢的日子，就是最美好日子；做自己喜欢的事，喜欢自己的活法，就是给幸福最好的答案。

蓦然回首，最初的亦是最真的，尘世的繁华，惊艳了时光，温柔了流年，时间的转轮鞭策着帷幕的落下，岁月的溪流让你褪去了幼稚天真的外壳，洒脱坦荡地接受流年的审问，终把人生书写。

心中所向，便是那梦想到达的天堂，梦中

所念，便是在期许未实现的心愿。年华就在自己手里，这段流光从岁月借来冠以自己的名字，无非是想让你最后成为一个真正的自己，一个最好的自己。

到头来你会明白，原来最好的自己，不是最终变成了自己想要成为的那个人，而是，你始终爱你自己。

你会感叹，我们都被命运捉弄了，兜兜转转，原来起点便是终点，中间看似徒劳的那一段叫作成长。

与其在别人的生活里跑龙套，不如让自己欢喜。愿你一生自由做自己，因为别人，已经有人做了。

偶尔羡慕爱情，
偶尔庆幸自由

很多人都觉得要进入水瓶的心，就要不畏辛苦一步一步爬进瓶子里，然后“咕咚”一声掉进去就 ok 了，但往往这样煞费苦心的人会被水瓶用水给淹出去，水瓶的朋友和恋人不需要多么地亲近瓶子，有时候隔着瓶壁，看得见摸得着，保有每个人的空间反而心会更近。

水瓶座就是喜欢自由、不受拘束，有时希望背起行囊环游世界，希望用手中的相机记录每一个地方，很多时候瓶子将自己表现得与他人无关，因为他们比其他星座的人更需要自由。水瓶用冷漠来包装，用不羁来掩饰，但有时又很希望能有一个人陪伴着自己，疲惫的时候不需要太多的语言，只要一个拥抱就已足够。

总在快乐的时候，感到微微的惶恐；
在开怀大笑时，流下感动的泪水。
但也无法相信单纯的幸福，
对人生的起伏悲喜，既坦然又不安。

爱情，是放弃自由的心，心甘情愿有了羁绊。

世间的爱情，总是可遇而不可求。正如张爱玲的那句话所说，于千万人之中遇见你所遇见的人，于千万年之中，时间无涯的荒野里，没有早一步，也没有晚一步，刚巧遇上了。

不得不承认，没有早一步，也没有晚一步，那实在是太难得的缘分。

你如风般生活，在嬉笑怒骂和随心狂欢的时候，你认为人生就该是这样痛快地过活，可喧嚣后的寂静冷得有些让人不寒而栗。

大街上甜蜜相拥的恋人，情人节时飘着巧克力甜味的空气，也会一不小心就触碰到你的某一根神经，当你站在喧闹的街头，看着擦身而过的人群，望着相似的背影，不由得会有片刻的失神和发呆，这一刻你才知道，热爱自由的你，同样羡慕着爱情。你可能会低头嘀咕一句“真让人羡慕啊”，然后忍不

住憧憬自己的爱情。

你想要的爱情，是能给人一种自由感，而不是囚禁感，你认为最好的关系，是相互了解又彼此自由。你想要找到一个人，不垂涎你的容颜，不贪恋你的灵魂，不占据你的全部，只为隐藏心灵深处的那份感动，在你的内心留下温暖。或许是你贪心，想要的太多，总是不能如愿遇见这样的人。

人人都说你视自由如命，看起来总是那么随性与淡然，又有点自私，不肯为谁稍稍停留脚步，不肯为谁改变，你不吭声、不辩解。只有你自己心里知道，而今的平静与淡然是用多少眼泪学回来的；此时此刻的波澜不惊，又是曾被多少波澜几乎淹没过。

永远有多远？没有人知道，也没有人到达。誓言的美丽，灿烂的憧憬，终究躲不掉离别的苦楚。依稀记得，那最初的等待，执着的美好，

似泉水般清澈透明，能窥见心底所有的思念。时光流逝，仍想抓住青春的尾巴，留住最初的纯净，却发现指尖冰冷的柔弱，终是那么力不从心。

偶尔羡慕爱情，偶尔庆幸自由。有时什么都不怕，有时又怕没结果。

爱情和自由哪个更长久？你宁愿选择自由，它永不抛弃你，永不让你伤心。

或许，爱和被爱都不难遇见，难的是遇见相爱。爱你的人和你爱的人，若不是一个人，那么爱情还离你很远。判断爱情的标准很简单，爱情，不应是一个人寂寞的独角戏，而是两个人擦出的火花。

是的，你崇尚自由，却也将爱情视为生命里一个光荣的梦想。只有你知道，那个能让你爱得自在、爱得舒服的人，还没出现，你在等。

爱情就是生命中的劫，上辈子欠你的人，这辈子一定会来还，相信他正在茫茫人海中寻找你的气息，可能他有点迟到，或许他迷路了，或许他认错了人。

而你，就走你正在走的路，听你爱的歌，看你爱的电影，坚定不移地走下去。

不要怕没人与你分享，想要遇到共鸣，就得先找到自己。总有人也会听那些歌、看那些电影，不要怕相见恨晚，相见恨晚后藏的都是还好遇到了。

若他还没来，请你与自由相伴，快乐随心；若他找到了你，请相信爱情一次，把自己和自由交给他。

爱你的人，会选择你想要的方式爱你，会给你渴望的爱情和灵魂的自由。

我 是 爱 你 的 ， 你 是 自 由 的

水瓶座的人酷爱自由，不喜欢被儿女情长束缚。他们当然也有柔情似水的一面，但必须由他们来主动给出，而不能是在被恋人要求的时候才被迫表现出这一点。水瓶尊重个人自由和精神式的恋爱，柏拉图的恋情是经常的事。总之，太过黏腻的恋情会让他们厌烦害怕。

如果你有个水瓶座情人，你大可放心，他一定不会有太多时间黏着你。事实上，他或许还担心你会无时无刻不去黏着他。

我真羡慕你，可以选择爱我或者不爱我，
而我只能选择爱你或者更爱你。

爱这个人，没有任何的理由，只是你恰巧遇到了，就喜欢了。喜欢他，不是因为他仪表潇洒，不是因为他才气逼人，也不是因为腰缠万贯，更不是因为手中权势显赫，至于为什么喜欢，你无法给自己一种满意的答案。

但是，你知道，你就是喜欢他，甚至不惜与全世界为敌，你都会选择义无反顾地喜欢他。

惦念这么一个人，但是你不能说，你不能破坏他的安宁，你不能增加自己的沉重。

你爱他，但他是自由的。

伤心的时候，你希望他知道，分担你的痛苦，但是你一字不说；高兴的时候，你希望他分享你的快乐，但是你只是安静地看着他匆忙；走在街上，你问自己，是否他也喜欢这样温暖的阳光；听着歌曲，你问自己是否他也喜欢这样的忧伤缠绵；

在你出游的时候，你拍好多图片，希望他能够看到你所看到的美景……

但是你从来不曾说出口。他从来不曾知道。喜欢他，只是你一个人的事情，只是你的秘密。

惦念着他，你关心着他的一举一动。他让你感到温暖，就像曾经小时候的玩伴。

你付出你的所有，却不要他一分的回报。爱他，只是你的事，你从来不曾要求他这样的爱你，这样地惦念你，甚至很多时候，他会在不经意间伤害了你。

你爱他，与他无关，即使是夜晚无尽的思念，也只属于你自己，不会带到天明，也许它只能存在于黑暗。

你爱他，与他无关，就算他此刻站在你的身边，依然不想让他看见，你那盛满了深情的双眼。

你爱他，与他无关，思念熬不到天明，所以你选择睡去，在梦中再一次地见到他。

你爱他，与他无关，渴望藏不住眼光，于是你躲开，不要他看见你的心慌。

你爱他，与他无关，它只属于你的心，只要他能幸福，你的悲伤，他不需要管。

你喜欢他，但他是他自己的。

你就这么安静地爱着他，也许他不知道，平静地、安心地离你远去，你注视他的背影，很想将他挽留，但是你说不出口。

他已经远去，你无法转身，常常想着和他在一起的点点滴滴的小事安慰着自己，故事温习一遍又一遍，但你不觉得陈旧，相反，每每想起总是回味无穷，微笑漾上嘴角。

终于日历一天天泛黄，时间的流水慢慢带走你的温柔，很多年过后，某个冬日温暖的午后，你站在阳台暖暖的阳光里，想起他，想起他的点点滴滴，你的心底依然泛起温柔，甚至可能会模糊自己的双眼。

你很感谢，感谢生命里有这么一个人，曾经让你为他伤感，为他欣慰，为他落泪，为他

停留，你庆幸自己从来不曾将自己深沉的、纯洁的、久远的爱恋说出口。

偏偏是他的不知情，使你回味无尽，你觉得，生命里因为有了这么一个人，这么一种情，从而脱离了尘世的流俗，显得高雅可爱了许多。

说不出的话叫心事，
留不住的人叫故事

水瓶座希望伴侣能够了解他们对自由的重视，而且不喜欢被每天固定不变的琐事或行程绑得死死的。在他们的人生观里，一定要保持自己的自由，既要生活也要自由，二者不可少。

如果你爱上水瓶座，你得到的会是平凡的温暖和永远的爱。如果你不爱水瓶座，水瓶会在静默中给予你想要的自由和未来。

我也想为你酿一首诗，落一场雨，
从南到北，不远万里，
献出清晨里第一颗露珠，
带着满身的晨光，却留不住你。

人生就像一场舞会，教会你最初舞步的人，却未必能陪你走到散场。然而，不论当初的誓言多么动听，却在相同的十字路口，不约而同地选择了转身。

错过了的人，默默地消失在了人海，成了见不到，也不能去见的“陌生人”。只是，春去春来，潮起潮落，可不可以轻轻地问一句，你还好吗?

如若，不曾相遇，你们便没有了这场飞花般的别离。

如若，不曾相遇，你在我的生命里，只是一个未曾经过的站点，我不会在里面欣喜地小憩。

如若，不曾相遇，你还是你，你也不会相信生命里会有奇迹。

爱情降临的时候，没有理由；同样，当它悄悄溜走的时候，也不需要解释——如果在那里讨价还价，细说对错，那就

不是爱情了，爱情这回事能说得清楚吗?

你的世界，他来过。在你灿烂的花季，他轻轻地来过。他是一只斑斓的蝴蝶，啄破你的花心，你的心事如一地茂盛的春草，蔓延着，满山疯长，不再含情眺望，不再羞涩描妆。而他，却轻拍翅膀，在你每一次欲用你那震颤的花蕊抓住他的时候，挪步躲藏，自由飞翔。你的花瓣无力地低垂，悲伤地枯萎，寂寞地凋零。随秋风渐紧，无奈地飘荡。

揭开往昔，寻一树梨花，揭开它的雪白，让你温润的手握一滴雨露，以微笑的姿态聆听花开的声音，尽情演绎出温柔。

抬头看窗外，人依旧，花还在。走进那相逢的场面，你在，他在，只是缘分已不在。

爱情是两个人的事情。

如果你是真爱，就会希望他活得幸福，真爱是永远不会变成怨恨的。爱情固然可贵，更可贵的是自由。以爱的名义把一个人囚困在笼

子里，能得到幸福和快乐吗？

如果你的爱成了温馨的墙，禁锢了他的自由，你会愿意默默放手；如果你的爱成了他的负担，打乱了他的生活，你会愿意试着放弃；如果你的爱成了他的牵绊，增添了他的压力，你会愿意回到孤单。

如果你的离去，能让他过得更好，你愿意离开独自流浪；如果你的离去，能让他变得快乐，你愿意消失不再出现；如果你的离去，能让他做回无忧的天使，你愿意永远留在地狱。

生命中有许多人，固执地认为爱就该是轰轰烈烈的，海枯石烂的永恒，他们极度地渴求爱，抓住爱，误以为爱是占有，爱是自私，爱是非你不可的偏见。

后来你才知道，其实有的人，血液里就住着风，你根本留不住。

你不该怪他，你来过他的世界，探寻过你的花季。他不是匆匆过客，他是你心头那一抹春色。

在你宁静的湖心，他轻轻地来过。他是一只轻盈的蜻蜓，划出你心中层层波纹。从此，湖面不再平静，在深深的夜里，

把一湖盈盈的月光摇出静谧的神韵，让一湖碧波不再寂寞。

爱情在很多时候，放手的那个人并非爱得不深，往往真是因为爱得太真，才不忍让心爱的人受到束缚。真心爱一个人，不是希望他能守候在自己的身边，而是希望所爱的人能够最终幸福。

爱一个人不一定要真正拥有，正因为无私的爱才值得永远珍藏。

最初的那份忧郁伤感，情思难耐，现在变得沉着淡定，静默随意。其实，应该特别感谢生命中每一份缘的出现，总是能够让人不论情感，还是心智，都不同程度地收获成长。

最好的感觉是随心，
最好的心情是童心

人生中丰富的追求令水瓶座忙于探索，也令水瓶座焕发出其他星座少有的光彩。

水瓶座的人可能今天研究心理学，过两天去学爵士舞，下个星期又去当义工。他们好像可以属于社会上任何一个族群，但又不是真正属于哪一个族群。

水瓶座的人总能将自己的想法变成真实的行动，他们始终保持着一颗热忱与童真的心，去努力去热爱。他们认为只有这样才是真正的快乐，才对得起自己。

你是有多幸运，
能热泪盈眶、欢喜随心地活着，
去爱或者被爱。

人们总是追问故事的结局和治愈悲伤的良药，可时间不回答，命运也不喧哗，因为从来就没有不会淡的疤，没有不会好的伤和停不下来的绝望。

在这个世界上，有许多事情无法选择，有许多事物说不清，有许多痛苦还没释怀，也有很多的人我们捉摸不透，但人生得失总是平衡，得得失失，悲悲喜喜，去去回回。

生命中的许多东西，是可遇不可求的，那些刻意强求的东西，或许我们一辈子都得不到，而不曾被期待的东西，往往会在淡泊从容中不期而至。生命放达，内心自由。

你喜欢生命里只有单纯的渴望，只有一种安定和缓慢的成长，喜欢岁月被漂洗过的颜色，喜欢那声嘶力竭的歌，相信一切纯美真挚的东西。

一辈子有多长你不知道，缘分有多少，没人可以估计，一

生要走的路有多崎岖，要尝的苦有多少，也并不重要。

因为你想要的人生，是想爱的时候不怕受伤、想哭的时候大声号啕、想要的东西努力得到、想做的事不怕失败，拥有的不要忘记，得到学会珍惜，失去的留作回忆。

这样真实炙热地活着，发自内心地流泪或是微笑，才能证明这个世界，你真的来过。

生命是一个谜，永远不知道下一步会出现一个怎么样的局面，那么尽情投入，用你所有的时间和精力，所有的真心和真情，所有的欢笑和泪水，去演绎这场生命之剧，珍惜拥有的每一天。

人生没有花常开，有甜、有苦、有无奈。人生如潮水，总有潮涨潮落之时，也如天上之月，有盈也有亏。人生的精彩不仅仅在于获得成功之时的欢呼雀跃，也在于失败之时对未来仍怀有成功的憧憬，和再次整装出发的勇气。

世事难以预料，遇事无须太执念，谁都无法带走什么，又何必纠结于某一人、某一时、某一事。只有看开了，想通了，才能随缘、随性、随心而为，不急不躁，不悲不喜。

聚聚散散总难免，一切能随缘随心最好，相聚相拥时好好把握，懂得珍惜，分开离去时，潇洒微笑地说珍重，好好相遇，好好告别。

曾经恨过的人，因为他让你更加坚强；曾经爱过的人，因为他让你懂得了爱；曾背叛你的人，让你懂得保护自己；曾偷偷喜欢的人，默默祝福。

生命本来就是一场漂泊的慢旅，发生在这世界上的事情，出现在你生命里的人，无论悲伤还是快乐，没有一样是出于偶然，终有一天这一切都会有一个解释。

不辜负时光，不辜负生命，不去想这一世人心有多么的复杂，世事有多么的不顺，不去让心所累。

愿你始终微笑，善待生命，随心而活，保持童心，顺应自己，或热泪盈眶，或温和从容。

在岁月的风霜雪雨中，爱想爱的人，做想做的事，看云卷云舒，花开花谢，轻松安然地走完一世的红尘。

握不住的沙，不如扬了它

水瓶座的世界总是无法承受拒绝，无论他们表面看起来多么坚强。有人说水瓶座太冷酷太自私，其实水瓶座的心容量很小。他们爱一个人，却不想牵制对方。如果他们爱的人正巧也爱着自己，那么水瓶座会用尽一切去守护、付出，但如果对方心里的人不是自己，水瓶座内心的痛苦，是你绝对想不到的，但他们还是会笑着放对方走。

水瓶座信奉对于爱而不得的人，不勉强才是心疼。在他们的爱情里没有“后悔”这两个字，对于无畏于心、无悔于情的水瓶座，如果遇到，请珍惜；如果错过，请祝他安好。

等不到的人就不要等了，
你的痴情感动不了一个不爱你的人。
很多时候，伤害你的不是对方的绝情，
而是你心存幻想的坚持。

很多时候，跟自己过不去的，是你自己。感情是一份没有答案的问卷，苦苦地执念，并不能让幸福变得更圆满。当执着成为负累，也许放手就是解脱。

在熙熙攘攘的人群中奔走，会突然发觉，那些说好了携手天涯的人，竟早已分道扬镳了。这世界每天都在上演着一幕幕的爱恨别离，相遇擦肩。

人的一生究竟要经历多少生死离别？也许一刻都不能停止，未来的因果应变，任谁都无法预测无法把握。

你说你想同他抛弃一切，远走他乡，从此采菊东篱，不问世事，怎奈春雨把尘埃都化作软泥，怎奈后花园的花枝又都高过竹篱……怎奈一切都变了，人心还没变，你依旧执于错，他依旧执于他的远方。到最后，他未来，只留你一人把背影留给了黄昏。

你怨，又该去怨谁？于是你懂了，告诉自己不爱了不痴了不

想了，自己奔赴一个人的天涯。你终于有勇气，一蓑烟雨任平生了。

几次相忘于世，却总在山穷水尽处又悄然相见。命运像一场对弈，当他坐在你的对面的时候，你便知道，万水千山，世事轮回，你终究是赢不了他的。

忘记一个人，需要多久？也许一阵子，也许一辈子。

经常在看到那句“爱一个人并不一定要拥有”时独自黯然，内心隐隐作痛，如此情深，为何缘浅？或许是故事过于美丽，梦幻又遥不可及？或许是年少无知的痴狂，爱上了无休止的地老天荒，然而渐渐懂得，海誓山盟只是虚妄，他若不在，你何处寻觅没有他的地久天长？

这世上岂有真正不被更改的诺言，纵是山和水，天与地之间，也会有相看两厌、心生疲倦的一天。所以，淡然心性，各安天命，如此，就真的简单了。如若可以放下执念，便可以寂静安然了。

经历过太多离合悲欢之后，才终于懂得了珍惜。那些走近生命里的过客，你依然用心珍惜，因了某种情愫里的一份念，一份暖，轻诉且行且惜。留一份美好放在回忆里，存一份安然留给未来，你所能做的，就是活在当下，珍惜眼前人。

你相信时间，总有一天能够将彼此的生命妥善安放，归属于最适合自己的人生。

你一直在等，等一个人将你小心收藏，免你忧伤，免你彷徨，给你最为踏实的臂膀。错的时间遇上对的人，对的时间遇上错误的人，总免不了心伤，遇见，别问是劫是缘，都是命中注定。

相识不如相见，相见不如怀念，如若无缘相见，愿用一生来怀念一起走过的时光。

多年以后，你是否会拾起那些当年的照片，泪流满面；是否会对自己曾经一缕浓墨重彩的痴狂仍然心存感动。那个清瘦的影子，那个忧郁清澈的眼睛，那个让人难以忘怀的展颜一笑，注定像绵里藏针一样让你终生怀念。

微风带走的是无法回首的昨天，岁月带不走的却是长久的依恋，而那些相爱的日子，仿佛雕刻般活生生地长在心里。

一件事，就算再美好，一旦没有结果，就不要再纠缠，久了你会倦，会累；一个人，就算再留念，如果你抓不住，就要适时放手，久了你会神伤，会心碎。

有时，放弃是另一种坚持，任何事，任何人，都会成为过去，不要跟它过不去，无论多难，都要学会抽身而退。

后来你发现，彼此的懂得才是山河浩荡，自己内心的动荡，如何翻云覆雨，终究只是一场空。既见君子，云胡不喜？

如果还有一次相逢，你一定会在相见的前一秒让以前所有的不平都化为清风，甚至会高举酒杯，醉笑陪君三万场，不诉离殇。且醉且笑，那一刻，你一觞，我一盏，没有言语，没有计较，没有纠缠，没有爱憎，也就，无关离殇。

握不住的沙，不如扬了它。

人生总会遇到很多人，不能陪你走到最后的，也只是有缘无分，谁都没有错，都是命定的缘分，来的时候无法躲避，走的时候也无法挽留。如果可以，放自己一条活路，放那个人一条生路。

其实，每段时光，只要放在心里，已经是天长地久了。

第三辑

愿我们再遇见时，都能比现在过得更好

外表假装坚强，即使内心很痛苦，在别人面前也会挂着笑容，这就是水瓶座；若是自己爱的人要离开，会大度地放手，并且送上祝福，这还是水瓶座。

水瓶爱一个人会很长情，为了自己爱的人心甘情愿地当一个配角，为了那个人而做很多自己从未为别人做过的事。他们默默地爱，心甘情愿地等，偷偷地哭泣，默默地退出，祝福自己爱的人，也不会告诉对方。

水瓶座的心，是一颗洋葱，如果你轻轻地扒开它，会发现里面的深爱足以让你流泪。

愿你所爱之人，像我一样爱你

水瓶座是深情而痴情的，爱上一个人会爱得很深。他若爱一个人，即便是分手，他也真心希望对方过得好，希望对方能够遇见温暖的人。

水瓶座就是没安全感到会发疯，也还要死撑，他越爱一个人就越怕被伤害，越怕受伤害就越嘴硬。水瓶常觉得太爱一个人会失去自己，一切失去控制，这个时候离开可能是最好的结果，可以看清自己的心，与其无法天长地久那还不如曾经没有。

水瓶真不是爱计较，也不是不爱你，只是因为他是水瓶座。你可以说水瓶座很傻，或许不是所有人的真爱都会犯傻，但是能犯傻的，一定都是真爱。

那个让你流泪的，是你最爱的人；
那个懂你眼泪的，是最爱你的人；
那个为你擦干眼泪的，才是最后和你相守的人。
多希望，这三个人都是我。

我们一生中会遇见许多人，其中有一种，就是你爱的人，即使有一天你忘记了他的声音，忘记了他的笑容，忘记了他的脸。但每当想起他时的那种感受，是永远都不会改变的。

彼此因为错过了而不能相拥，徒留深深的遗憾。遗憾让你悔恨、让你困苦，但不可否认的是，因为遗憾，你的人生才多了一份值得回忆的路程。

相伴一程，抑或途中离别，相聚离散，总有人离开，总有人到来。都是缘分天空下的机缘，值得珍惜，因为人生的温暖无不来自于缘。人生的每一场相遇，都是缘分，没有对错。可是，离开一个地方，风景就不再属于你；错过一个人，那人便再与你无关。

就算被伤害，也总好过空白的旁观。于是你记住了错过之后的惘然，以及一些琐碎的细节，那人，那事。

突然想说，爱的时候是真的，恨也是真的，此时想念更不是假的。

酒多方知最爱是谁，但是都过去了，你不该哭闹着追问他为什么不爱你了，也不该不甘心地咒骂让他为难，你该举杯敬过往，安心接受。

放下，是为了更好地前行。好与不好都走了，幸与不幸都过了。人生的际遇，一如窗外的雨，淋过，湿过，走了，远了。曾经的美好留于心底，曾经的悲伤置于脑后，不恋不恨。

过去终是过去，那人，那事，那情，任你留恋，都是云烟。学会放下，人生总是从告别中走向明天。

岁月让我们懂得，有些爱即使你倾尽所有也无济于事，不爱了就是不爱了，再多的努力和等待只是徒劳，剩下的只是卑微。所以潇洒地挥一挥手与往事作别，给自己一个坚强的理由，寻找下一个出口。

爱也不可能随心所欲，面对残忍的现实，会有着太多的无奈，即使面对一份难能可贵的旷世真爱，也只能忍痛放手，落下的是一地的遗憾，回忆成了仅存的温暖。

爱一生，恨一生，痴念一生，却也只能惆怅一生，遗憾一生。仅仅一个转身的距离，一切成了断点，原本如此熟悉的两个人从此永不相见，形同陌路。

当终有一天在某个路口偶尔遇见，眼里闪过一抹惊喜，然后学会了不动声色，平静地道一声“你好”。这世上没有谁会永远是谁的谁，有的人注定只能错过，有的人永远只适合活在另一个人的心里。

每一段爱，都有它最美好的时光，每一段最美好的时光，都隐藏在人心的最隐秘处，平日里朝夕相处，它深居简出。

时光会将一切美好的东西褪色，同时，也会将一切痛苦的记忆磨砺得更加晶莹亮泽。最美好的时光慢慢逝去，曾经相守，后来分离，距离成全了美感，挑剔变成了思念；对于已经失去的，你的心总是宽厚的。

后来的你，不会再去纠结当初是谁对谁错，

或是责备命运为何如此弄人，只是想着怎样好好珍惜当下，怜惜眼前人。

岁月会允许你偶尔还会怀念，还会伤感。有人说青春是一本色彩绚丽的手绘本，年轻的时候你总是想着怎样把这画册涂得更加色彩斑斓，长大后，还可以微笑着去回忆年轻的无知、任性和单纯的爱。

爱，永远仅是一种为“爱人”而付出的感觉。当爱人远去，找不到曾经为之付出的身影，那么这份爱也就应伴着祝愿随他离去。不问为何而分离，也不说再见，也不会有太多放不下的痛苦。

到了路口，就要分道扬镳，告别时用力一点，多看一眼。告别后就别回头，不是说有多坚定，而是你知道一回头看到那熟悉的面孔，就会舍不得。

成全他的幸福，就是成全自己的幸福。他幸福了，你就会默默地替他感到高兴。

如果不能相拥，就请默默地祝福吧。

爱不一定要相拥，我们可以祈祷他的幸福，即便这个时代

已经不需要傻瓜式的祝福，但我们依旧有选择祝福的理由。

人依旧，爱依然，情永远。

愿他在未来还能遇见像你一样爱他的人，也愿你和他，在彼此看不到的岁月里，熠熠生辉，彼此都能找到更爱的人。

你一定要幸福，
不然对不起我的不打扰

水瓶座的人生可以用两个字概括：纠结。水瓶座内心世界极为错综复杂，不管从哪一方面来说，水瓶座本身就是一个矛盾的个体。

当水瓶座表现出毫不在意的时候，可能内心已经极度炙热；当他们表现出想要离开时，可能正期待着被挽留；当他们向你晒幸福时，也别太在意，可能他们只想得到你的注意，但如果你送出祝福，他们才会真正地失落。

后来我才知道，那些真正要走的人，
吝啬得连说再见都觉得是浪费时间。
而那些嚷着说“喂，我要走了”还一步三回头的人，
只不过是想等你说一句“留下来好吗”。

人生难免会有很多的故事，而连带产生很多的记忆。有的的记忆，已经不经意地搁浅在你的生命里，并且让这一切都蒙上了一种朦胧感。很多时候，你要在浅浅相思的时候，能做到深深相忘。

一个人很爱另一个人，于是，就会纠结在强烈的思念里。一分一秒都在乎的那种爱情，会让被思念的人也是一样的纠结。

爱情，应该是人类所能享有的最美好的事情之一，可是，却也少不了令人窒息的瞬间。

常常徘徊于放弃和执着，尤其在爱情面前，当你对一个人百分之百地付出真心时，即使看出对方不够全心全意，你也只想睁一只眼闭一只眼，因为你难以割舍。

爱着痛着，有太多的东西需要你一个人承受，于是时间久

了，你开始怀疑自己的选择和决定是对还是错，你犹豫着，你不敢贸然否定或决定，因为你还爱着，尽管对方的某些言行已经刺激到你的神经。

你仍然无法放弃这段感情，你努力着、坚持着，你把对方呈现出来的所有虚假都尘封在心底的某个角落，不是不在乎，不是没看透，而是不去计较，因为你还在相信对方说有多爱你。

你试探地说你要走，想要他的挽留，看到的却是他没有任何表情的脸；你幼稚地想要他吃醋，以此证明你在他心中的地位，却害怕他真的对你说出祝福；你假装转身就走，却等不到他追过来牵你的手。

你开始承认，你永远无法感动一个不爱你的人，就像你永远无法叫醒一个装睡的人。

其实你知道，真正的爱情，应该是无论何时何地，在任何一个人面前，他都能把你放在第一位，他害怕失去你，他想给你全世界最好的幸福。

这些，你心里都是知道的。

一个人的心就像一个杯子，苦水太多便容不进幸福的甘

霖。即使勉强相融，也仍是苦涩的味道。只有将心中的苦水倒出，如此才能品味幸福的香醇。

该放弃的决不挽留，该珍惜的决不放手。分手后不可以做朋友，因为彼此伤害过；也不可以做敌人，因为彼此深爱过。

似水的流年，总会沉淀太多的痛苦。幸福，却常是难以捉摸的浮萍。

人生一世，草木一秋。真爱永远是真心的付出，而不是对于放不下的苦苦执着。

忘掉一个人是很困难的事情，在忘掉和回忆之间，你会为了得与失、爱与恨的纠缠而纠结，但是不该为了已经成为过去的情感而大伤元气。

那些让你不知如何进退、如何取悦、如何留下的，都不是你生命里对的人，你在今后漫长的岁月里，把他默默地放在心里就好。

一个人生命中的得与失，总是守衡的，你在一个地方失去，就一定会在另一个地方找回

你来，因为上帝送给每个人的都是两扇窗子，当他关闭了其中一扇时，就必然会为你打开另外一扇。而你要做的是，不要再眷恋哀怨那扇关起的窗，而是要勇敢地去寻找和开启那扇通往美好的窗。

爱与被爱，都是让人幸福的事情，不要让这些变成痛苦。

未来，你们会有各自的生活，各自的所爱，相信你依然会感谢他，是他让你懂得如何爱，是他让你感受过了那年少的执着，以及学会了放弃。

多年以后，希望你已经释怀，还能笑着回忆。

about，幸运

数字：3 5 7

颜色：古铜色　蓝色　黄色

星期：星期六

珠宝：黑珍珠

旅居国及地区：
沙特阿拉伯　新西兰
智利　埃塞俄比亚

爱好：各种室内外娱乐
收藏　旅行

物品：竖琴螺

花卉：非洲紫罗兰
风信子　蕾丝花

喜 欢 是 海 啸 ， 而 爱 是 大 海

水瓶座爱一个人总有一个固定的过程，开始表现得很捉摸不定，往后可能是忽冷忽热，再往后可能会淡得让人感觉似有似无。

很多人会误解水瓶座的爱情是图一时新鲜，只有三分钟热度，其实不然。只是越往后，越深爱，越是沉默。默默地关心你，默默地对你好，默默地为你做许多事不会告诉你。这也就是暗恋在水瓶座身上发生的概率非常之高的原因。

我掏出心脏，想把你的名字从心里抹去。
可我发现你根本不在我心里。
我奋力掏空自己，
原来发现，我已爱你爱到骨子里。

总有那么一个人，他就像你身体的开关，因为他一个表情，你欢呼雀跃，血液沸腾，又因为他某一个词汇，你冰冻三尺，呵气成霜。而你，却可以将这些统统埋进如深海般的内心之中。

当你想起他时，心底就会掠过浮云般的温柔，淡淡的欢喜，还有隐隐的疼痛；会有一个人，隐藏在你的心间，是你永远无法脱口唤出的痛，默默地牵挂，又深深地祝福；会有一份深情，融入在生命里，像加糖的咖啡甜着苦着，不能别过，又不能忘怀。

他静静地隐藏在你的心里，你安静而不动声色地在远处观望他，看流年浅变沧海桑田，却一直一直，以旁观者的姿势，看他走过四季的温柔的侧脸。

大雨如注，思念成灾。

不知道这是不是世间最动人的情话，太多的大雨让人相隔两地，最后只能看着玻璃共望一场雨，说着想念成灾。可是比雨水更让人相隔的，是人心。

能说出的思念，都不是真正的思念。

我总认为，这世间有一种喜欢，止于口，却被眼睛泄露出去，风知道，雨知道，而他不知道。

爱一个人，你可能会傻傻地爱得忘了自己，你会爱着他的爱，痛着他的痛；你会挂念着他的衣食住行，甚至不断地改变自己，努力使自己变成他所喜欢的样子。也许这样，不了解的人会觉默默地爱着很累、很苦涩、很卑微、很无助，但是只有当事人才能体会到默默地爱着时内心的甜蜜。

只要在你的视线内，你就会望着他，却在他回望你的那一刻，刻意不望他的眼眸。他笑的时候眉眼弯弯的，思考的时候轻皱起眉，难过的时候垂下睫毛，疑惑的时候一眨一眨，可你只能悄悄地看。

在他跟你说话的时候，你故作镇定，害怕掩饰不住你内心的狂喜。你想告诉他，可是你没有勇气，你想把最好的都给

他，你宁愿所有痛苦都留在心底，也不愿忘记他的眼眸。

或许他不知道的事情还有很多，那些以爱为名的承担与坚持，甚至是苟且与偷生，被生活的枝丫压弯了背，生活好像在那一刻，是令人心碎的无可奈何。

旁人不知，所有引人入胜的爱情都面目可憎，听的人心驰神往，过的人痛苦挣扎。

背着思念，背着眷恋，远远地遥望着他的背影，他的笑。不敢唐突，不敢冒犯，不敢打扰，他的世界，你永远是无法企及的看客。

站在他的世界之外，他的一颦一笑带走了你生命的朝夕，他的一悲一欢让春花秋月无颜色，悲着他的悲，喜着他的喜，着急着他的无奈，焦虑着他的不开怀，一次一次遥遥地注目，一次一次想要到他身边分担他的苦楚，一次一次压抑心底的冲动，在爱的面前，你丧失了勇气，害怕被他拒绝，害怕失望后的失落。

这个世界每个人都在按照自己的规则生活，

而唯独活在爱里的人仿佛最没有章法节奏，为了爱开始变傻变痴，失了所有的原则，那种为了爱九死一生，不知道是伟大还是卑微。

爱是凄苦掺杂，眼泪、期待、想念、等待、寂寞，皆因一个有他的梦。

爱是情绪，心疼、不舍、犹疑、猜忌、酸甜苦涩，一股脑儿洒下。

在每一个月上柳梢的时刻，独自仰望夜空的繁星，独自品尝默爱的滋味。

无法言说的爱恋，无法表露的思念，在夜风中轻轻地诉说。多想乘着夏风的暖，穿越心底那份不可逾越的坎，在月光下，赏这一季的夏花烂漫，嗅一嗅这满园花香。

多想告诉他，这漫天的星光，都是你牵挂他的眸光，春秋冬夏，沧海桑田，情牵千里，不移不变。奈何，那份羞涩，抖落了季节的欢颜，那份难言，冻结了花开的妩媚。思绪难眠，一个人守着月缺月圆，些许苦涩，些许无奈，在夜空下飘荡。

爱，并不一定非要得到，有时付出也是一种幸福，一种痛彻骨髓的幸福……是谁把美丽当作哀愁，沦陷在他的眼眸？迷雾中，是谁的面孔，泪眼婆娑，一路伤痛不懂回头？在这场轮回的爱情里，蕴藏多少心愁，郁郁流淌。

爱究竟是什么？每个人都有每个人的答案。

一件不值得一提的小事，能留在心底一辈子，也许就是爱。最温暖的爱不是轰轰烈烈，而是点点滴滴小小的温馨，触动内心最柔软的角落。

越是深爱，越没有声响，越是要懂得控制。控制深爱的想要亲近的心，控制距离。

见或不见，只是一种形式，心若在，千里亦如咫尺。隔一程山水，将心安然寄放，守一段温暖眷恋，深沉地爱着，寂静欢喜。

你**真的**听说过水瓶座**吗？**

他们就像爱情和鬼，听说的人多了，见过的没多少。现在已经很少有正宗的水瓶座了。

随机性人格，今天睡醒想用哪种就用哪种。每天兴致勃勃地活着，大概就是为了思考如何折磨地球人。

脑洞像黑洞一样大无边

永远不跟风，
因为水瓶座
就是风。

水瓶座是很怪，
但一万个水瓶
有一万种怪法。

外表的**疯子**，
内心的**诗人**。
陌生人面前的**小清新**，
熟人面前的**人来疯**。

愿翻越高山去见你，也愿后退一步离开你

好多人说水瓶离开时很无情，有谁知道当水瓶真的转身时，他们的内心已经挣扎了多长时间。

水瓶不是冷血动物，如果你说一句爱他，那么即便你们之间隔着重重大山，他也不会胆怯。可当缘分已尽，他们宁愿后退一步，成全自己爱的人，成全爱情。

这种感觉，大概只有爱过水瓶的人才能体会。

你是陈年的酒，是稻谷的香，
是鸥鸟的歌鸣，是南迁的浮云，
你是时光抽丝剥茧的壁画，是大漠远歌的夕阳，
是蜃楼独隅的光景，是残留着余温的吻，
是我永远也到不了的天堂。

你的心里，有一个位置永远是一个人的，“我爱你”这三个字，从你说出口的那天起就一直没有变过。

当生命轮回于四季交错之间，时间的隧道也随之为我们打开，而人生路的漫长与曲折，又埋葬了多少春花秋月的朴实与完美，又留下了多少月缺月圆的悲欢离合。

爱情是一种毒蛊，深爱的人会心甘情愿地吞下去，让自己不能自拔。

爱得深，伤得更深，无论何时何地，只要你轻轻地触动伤口，便会剧烈疼痛，因为，没有人可以忘记一份留存于生命中的真爱，哪怕是一个微笑的眼神，一个轻轻的拥抱，都会铭刻于记忆的深处，弥漫在身体的每一个细胞里。

爱情有一种神奇的力量，纵然你真的想放开，但是脆弱的

灵魂让你根本无力挣脱，思念和牵挂犹如一对孪生兄弟，紧紧地包围着你，让你无法逃脱，让你不由自主地停下你的脚步。

当你试图用疲惫来赶走一切的那一刻，你会发现，原来思念却来得那么容易，顷刻之间浸润了你的每一根神经，牵动着你的心，让你无所适从。忘不掉的不是某一个人，而是与那个人一起经历过的事、走过的路、说过的话，共同经历的那一个曾经，曾经的那一段时光。有时候不经意的回忆，涌上心头，心还是会很疼，疼到无法触碰。

你说你愿意离开他，成全他，成全爱情。你还是会喜欢他，只是不再悸动，不再期盼。

物是人非的日子里，如果他能够过得好，你也该收起心了。

这世上有的人注定是为爱而生，为情而活的。你将爱当作是你一生中一个光荣的梦想，一生在爱恨交织里百转千回，不撞南墙不回头，哪怕撞得头破血流，只为那拼却的一醉。

爱是你精神世界里的一切，即便轰轰烈烈后是刻骨铭心的痛，心里也满足无悔的执着和坚持。

若有一天，他在夜深人静时打电话给你，说他需要你了，

想必你还是会不顾一切，哪怕是翻山越岭，也要走到他面前，只为给他一个拥抱。

人生有很多事情可以放下，但也许唯独爱情在你生命里永远燃烧着，无论你多么坚强，多么决绝。

所谓的放下，也许只是对于自己伤痛的一种心灵慰藉而已。

在你的内心深处，一直为爱情准备了一个位置，倾你所有，予他一生，你随时准备着为他翻山越岭，也准备着退一步离开他。

这世界有一种傻瓜，是你；这世界有一种深情，也是你。

水瓶座对人的态度只有两种。一是无限纵容，二是呵呵出局。

说水瓶自恋到蹬鼻子上脸程度的，其实不准确。那是你不了解水瓶座，水瓶座在自恋这方面，不需要鼻子，就能上脸，谢谢。

趣味水瓶

水瓶座的守护星是天王星。这颗行星的命名是唯一取自希腊神话而非罗马神话的，当你有了这个概念之后，你在看到水瓶座一些你无法理解的举动和想法的时候，就应该不那么意外了，因为他确实和其他人不一样。

水瓶座是奇葩，所以喜欢水瓶座的人也不能太正常。独立有思想，关键时刻还要撩动水瓶的心思。

八卦天后！所有小道消息的第一来源。

自己眼里的水瓶：天上地下我最牛！

别人眼里的水瓶：快点治好你的神经病！

青涩不及当初，
聚散不由你我

水瓶座是一个善良的人，一个不舍得伤害别人的人，一个对待感情弱智的人，一个骄傲的人，一个遇到爱情就卑微的人，一个念旧的人，一个对待过去的恋情总是不能释怀的人，一个粗枝大叶的人，一个不喜欢给别人结果却善于等待别人给予结果的人，一个不善于为自己辩解的人。

如果你为水瓶留下，他可以把自己的世界都给你；如果你离开水瓶，请放心，他不会怨恨你，更不会诅咒你，他只会默默地祝福你。

不是所有温柔地爱过，都需要晒在阳光下。
当你是渴望入云的鸟，而他是林间一只拂叶穿行的鹿，
你是那双默然看他一路挥洒汗水捕云逐月的眼睛。
虽不能一路同行，却在无人知晓处，曾竭力陪他一程。

许多人都说：如若相爱，便携手到老；如若错过，便护他安好。

这辈子，或多或少都会经历一些情感的波折。随着生命中的情感路线越走越远，蓦然回首，往事在记忆里，喜怒哀乐，悲欢离合。

那些在生命中涌动过的人，在心灵的深处那片被爱踏足过的芳草地，是否还保留着一份珍贵的情感借以回味逝去的时光，只是你终将错过了，一些可以陪伴一生的人。

总有一些感叹，在你灵魂的悸动中，如同昙花的闪现，梦境一般摇曳起光阴的故事，当泪水悄然滑落的瞬间，你才发现，原来在你生命行走的过程中，有些人、有些爱让你一生难忘。

许多事情总是想象比现实更美，相逢如是，离别亦如是。

当现实的情形不按照理想的情形发展，事实出现与心愿不统一的结局时，难免就有遗憾。

美好的东西总是太多，不可能全部都得到，无缘的人总是留下遗憾，在那一个个熟悉的画面里，凋零着各种情绪的味道，在那一个个生动的故事里，多么想为它画上一个省略号，却在命运的无奈中被迫为它画下句号，于万丈红尘中的空望，洗却铅华之后的暗伤。

许多感情从开始到结束，不管结果如何，只要有过这种让自己心灵为之震动的感觉，这本来就是一种富有，一个温暖的感情矿藏，一种生命中最厚重的拥有，毕竟曾经交换过彼此的快乐和寂寞。

人世本无常，岁月流逝如梦一场，曾经的梦想和誓言如落叶般随风飘荡到不知名的地方，但请你始终相信，你们在动情时许的承诺都是发自内心的，只是结果，是谁都不能预料的。

每个人心里，都有个过不去的人。不管你

有多爱，都应知道，他在你的生命里只有两种结局，要么是终点，要么是路人，再无别的选择。

也就是说，当一个人无法成为你的终点时，就一定会成为路人，这和爱不爱没任何关系，这辈子，我们终将错过一些人。

在心灵的最深、最柔软的一处，总会有一方空间温柔地存放着这些往事，这些不曾忘却的快乐和成长，那就够了。

每一份感情都很美，每一程相伴也都令人迷醉。那是不能拥有的遗憾让我们更感缱绻，是夜半无眠的思念让我们更觉留恋。

感情是一份没有答案的问卷，苦苦的追寻并不能让生活更圆满。也许一点遗憾，一丝伤感，会让这份答卷更隽永，也更久远。

三毛说过；“上天不给我的，无论我十指怎样紧扣，仍然走漏；给我的，无论过去我怎么失手，都会拥有。”

错过了，就是错过了，没有那么多的理由，只怪缘分太浅，在指缝间悄悄地溜走了。

如果每个人都能和自己喜欢的人在一起，这个世界就不会有悲剧了。

没有人是要故意变心的，他在爱你的时候，没有办法假装不爱你，同样的，当他在不爱你的时候，也真的没有办法再假装爱你……

爱上是水到渠成的执迷，放手是自知分寸的应当。所以，要么白头到老，要么相忘江湖，这就是爱的现实。

水瓶座反鸡汤语录

无论工作还是生活，
总有诸多不顺，
但当你站在体重计上照照镜子以后，
一切的不幸就显得合情合理了。

水瓶座最佳朋友组合：射手座　狮子座　水瓶座
水瓶座最佳同事组合：处女座　巨蟹座　双鱼座
水瓶座最佳仇人组合：天蝎座　金牛座　狮子座

水瓶座最佳暧昧星座组合：摩羯座

深爱是胸口的雷霆万钧，唇间却只有云淡风轻

爱，这个字对水瓶座来说，太沉重珍贵了。一旦受了伤，犹如远古的文物，被发掘出土暴露于空气中，就会变得面目全非，失去本来的价值。所以，水瓶座的人从来不轻易说爱。

有人说水瓶座太冷酷太自私，其实水瓶座的心承受不了太多失败。伤害只需一次，水瓶座便不再幻想，也从来学不会将就。

不提喜欢，也不提爱，
陪伴是最长情的告白，
时间会给你最真的答案。

爱一个人不需要理由，只因他给了你别人无法给予你的感觉。

她美过吗？他帅过吗？其实，是你爱过吧。

年轻的时候会想要谈很多次恋爱，但是随着年龄的增长，终于领悟到爱一个人，就算用一辈子的时间，还是会嫌不够。于是，愿意慢慢地去了解这个人，体谅这个人，直到爱上为止。

一个人一生可以爱上很多的人，等你获得真正属于你的幸福之后，你就会明白爱里的伤痛，其实是一种财富，它让你学会更好地去把握和珍惜你爱的人。

你的爱情是一座无人知晓的秘密花园，里面疯长着你对一个人的爱恋和祝福。

你们都有着各自的生活，你会用一分钟的时间去认识一个

人，用一小时的时间去喜欢一个人，再用一天的时间去爱上一个人，到最后呢，却要用一辈子的时间去忘记一个人。

喜欢一个人久了，这种喜欢会自然而然地变成一种习惯，并不是不爱了，只是换了一种方式，爱还在，只是变得更加自然了，自然到就像空气一样理所当然了。只是当初的新鲜感没有了，取而代之的是生长在骨子里的感情，或许是亲情，或许是超越生死的感情。

狂风暴雨的是爱情，春风化雨的也是爱情，形式不同，内涵终究还是爱情。很多事情总是等到离别之后才发现当初是多么任性，才会发现对当初的爱情是该好好珍惜的。

许多人离别几年之后，重逢爱情，很多人都期待重修旧好，相信爱情还在，相信执着的等待是值得的。正是因为有这种离别，才显得这份爱情的难能可贵。

也许还会怀念当初的轰轰轰烈烈，怀念当初的美好誓言。当生活中的柴米油盐占据了大部分时间时，大家似乎都看不到爱情了。

或许你愚昧，认为没有了当初的感觉，热情总会变冷淡，但请你明白你们经历过多少才走到现在，喜欢到习惯是一个漫长的过程，漫长得都不被你发觉。就像你的表，戴久了会成为习惯，你却觉得它没有了当初的光泽，觉得没那么喜欢它了。你扔掉了它，才发现不习惯，可等你后悔的时候却早已经找不到它了。

人不如旧，衣不如新。陪伴是最长久的爱情，你也许向往一个可以陪你去冒险的人，但你会需要一个在你生病时守在病床前的人。

最好的爱是沉默时的难舍，最好的爱是不愿放手，最好的爱是不忍伤害，有些事情适合藏在心里。

每一段与爱情有关的故事，都有伤害和曲折，那些伴随着成长的经验值，最大的作用是教会你埋藏秘密。

深爱是胸口的雷霆万钧，唇间却只有云淡风轻，因为所有的深爱，都是秘密，都需要时光来检验。

愿你的故事绿水长流，祝我的孤独择日而止

有人说水瓶座心狠，说他们总能从旧的恋情里很快走出来，其实如果你走进了水瓶座的心里，他们会很难转身，舍不得转身，即使你带给他的是伤痛。

水瓶座把自己小心翼翼地包裹起来，对他们来说，爱你就给你自由，而不是纠缠不休。让彼此身心疲惫，两败俱伤，不是他们想要的爱情，也不是他们爱一个人的目的。

在时间飞逝的世界里，缘有轮转。
在缺口雕刻的生命里，时间填满。
其实谁都没有错，都是命定的缘分，
来的时候无法躲避，走的时候也无法挽留。

偶然间，在某个街头，你与他匆匆相遇。匆匆的只一个微笑，路过，然后告别，形同陌路也许是彼此间最好的结局。当忧伤形成一种姿态，伫立在他与你之间，纠结的最后就是一场无声的退场。

所以分开之后，先决定要离开的那个人大可不必故作姿态地保持冷漠，因为谁也没有想过要去纠缠。

也许你曾经想要永远地退出他的世界，想要彻底地删除有关于他的记忆，可是纠结的心无法如你一般决绝。痴傻的灵魂逃不掉羁绊，于是你只能一半明媚，一半忧伤，将过往边走边忘。

多遥远，多纠结，多想念，多无法描写。疼痛和疯癫，他都看不见。

你可以受伤，但不能总在受伤，所以别去纠缠那些要离开的人。当他们准备启程，去看别的风景，对你不再留恋时，要

记得千万别再去乞求什么，因为乞求而来的，除了失望，还会把原本还有的美好全都釜底抽薪地抛出。

你最怕看到的，不是两个相爱的人互相伤害，而是两个爱了很久很久的人突然分开了，像陌生人一样擦肩而过。

你受不了那种残忍的过程，因为你不能明白当初植入骨血的亲密，怎么会变为日后两两相忘的冷漠。

有时候你也分不清，到底是因为你太爱哭了，他才变得冷淡，还是因为感觉到他的冷淡，于是你变得越来越爱哭。你以为他生性冷淡，却亲眼看到他对另一个人嘘寒问暖。

于是你也逐渐喜欢他冷淡的微笑，不过度凌冽，也不温暖，刚刚好，斩断你的自作多情。

爱的规则是：越喜欢，越胆怯。它让最大大咧咧的人变得小心翼翼，又让最无所畏惧的

人开始战战兢兢。生怕不管不顾地勇往直前，会被人轻视、受到伤害。

所以很多爱的表现，是刻意的后退。有意疏远一个人，恰恰是因为太喜欢。

一个真正爱你的人，并不会想尽办法来得到你，不会满口谎言地骗你，而是用心地帮助你，一心为将来打算。

爱你的人有时候连死缠烂打都做不到，只会默默受伤，默默看你。爱得越深，就爱得越胆怯。

世上最遥远的距离，不是人与人相隔千万里，而是人与人近在咫尺，却心灵冷漠。

你所认为的那些高傲冷漠的人，都只不过是跟你不熟而已；你所认为的那些生性多疑的人，都只不过是不信任你而已；你所认为的那些难以相处的人，都只不过是不想和你相处的人而已。

所以请别再自以为是地定义感情，因为也许对方还没有开始重视你，甚至连敷衍一下你的必要都没有。

毁掉一个人最佳的方法不是谋杀，而是打心底发出的恭

维，看其自生自灭；恨一个人最佳的报复不是仇恨，而是打心底发出的冷淡，干什么花力气去恨一个不相干的人；爱一个人最佳的方式不是占有，而是相敬如宾，涓涓细流，给他所要，爱他所想。所以，即使过去的岁月给你一千个伤心的理由，你也要找一千零一个开心的借口。不管那份爱有多么残酷，都要保持一颗坦然的心，用你的笑容冰释所有伤心的时光。

你爱的人离开你，没有什么；正如你不爱的人，你也要离开一样。爱情的美妙之处也许就在于不确定性，如果一开始就能预知结果，爱情也就失去了魅力。

想爱时争取，相爱时珍惜，不爱时放手。背道而驰的两个人，那欲言又止的千言万语，都将埋在心里，成为时光深处的秘密。

既然爱过，便无须纠缠。

你最终要活在相悦的人心里。不为不值得

的人去改变，不在飘忽而逝的生命过客那里留恋，也不必为朵朵过眼云烟而烦忧伤怀。

唯愿你余生过得从容而不慌乱，深情而不纠缠。

第四辑

梦想还是要有的，万一有一天它实现了呢

水瓶座人一生的热爱，除了爱情，大概就是梦想了。所以，水瓶座常被人称作是“梦想帝”。

水瓶座的人有着一流的头脑和新颖的创意，他们大脑中的新花样和古怪念头总是让人目瞪口呆，他们的大脑永远不会停止在现在，他们认为只有超前的思想才配得上梦想二字。水瓶座的人不适合在团队里做小螺丝钉，那样会有损他的敏锐度。

有的时候水瓶座的梦想太大，别人说水瓶的梦想根本不可能实现；有的时候水瓶的梦想又太小，又有人说水瓶胸无大志；不过又能怎么样呢，水瓶座坚信未来始终是自己的，梦想始终是自己的，即便是没有人会来帮自己实现它，也丝毫不影响他们对梦想的狂热。

如果不折腾，你不会知道自己要什么

水瓶座的人最讨厌一成不变的生活和被规矩束缚。因此他们不适合在有着保守体制的企业里上班，也不适合在有严格规矩和限制的环境中工作。他们热衷于折腾自己，喜欢发挥创造力。

水瓶好像是天生就带着领导气质和使命出生的。有事的时候大家肯定第一时间想要依靠水瓶座，不管怎样他们都有着让人相信的能力。

水瓶自己一个人有什么苦也不说，不管风雨就是坚持，让别人看到的永远都是笑的模样。他们并不在乎金钱报酬，只要能够离梦想越来越近，他们可以时刻保持打了鸡血的兴奋状态。不得不承认，这就是这个时常不正经的星座正经起来的魅力。

花随风落，雨伴云晴，过客匆匆，相逢终有期，
路过的风景，经历过的往事，放在心间就好。
生活就是经历，阅历，
没有谁，不去经受生活的磨炼，
没有谁，不去接受岁月的洗礼。

每一条走过来的路都有不得不这样跋涉的理由，每一条要走下去的路都有不得不这样选择的方向。

心中所向，便是那梦想到达的天堂，梦中所念，便是在期许未实现的心愿。青春是一本打开了还能再合上的书，梦想却是一条走出了就回不了头的路。

人生是一条没有回程的单行线，每个人都用自己的所有时光前行。

一个人至少要拥有一个梦想，有一个理由去坚强。心若没有栖息的地方，到哪里都是在流浪。

谁不曾有过青春？在美如画的年少里，有人还在做梦，有人已经在路上。有人还安于享受，有人却早已把青春交付给了未来。

在青春与长大的交界处，你华丽地转投另一方向，殊不

知前路更苍凉。这个世界，每一天都如同一个厮杀与角逐的战场。你用尽所有，去换那些海市蜃楼。

心灵深处的空洞与匮乏，该用什么去填补？你不断地走，不断地张望，或许只是为了换取一个在这个世界上能骄傲地活下去的资格。

我们每时每刻都在成长，尽管有些成长你根本不想要，有些代价你根本不想承受。于是，我们只能一点点抽离以前的自己，酒后痛哭的自己，在操场看日落的自己，笨拙的自己，迷路的自己。但你要保留住一些东西，让你还是你自己。

你一直相信，会有一个高度，能让自己看到不一样的风景。人最先衰老的不是容貌，而是那份不顾一切的闯劲和那颗爱折腾的心。当你经历过一段努力后，你会惊讶，自己咬着牙走了那么远的路，很多所谓的远方，其实并不遥远。

也许不是你本来想走的路，也不是你本来想登临的山顶，可另一条路有另一条路的风景，不同的山顶也一样会有美丽的日出，不要念念不忘原来的路。

时间是一把刀，它刻下好多伤痕，但最终也把你雕成了一朵花，如约绽放。生活从来不会亏欠谁，他给你一块阴影，必

定会在不远处洒下阳光。

那么多当时你觉得快要了你命的事情，那么多你觉得快要撑不过去的境地，都会慢慢地好起来。就算再慢，只要你愿意等，它也终将成为过去。

面对那些你暂时不能战胜的，不能克服的，不能容忍的，不能宽容的，你要告诉自己，凡是不能杀死你的，最终都会让你更强。

如果不去折腾，你也不会知道自己真的想要的是什么。每个人的青春里都有一条弯路，谁也没法替你走完，但未来总还在。

你相信未来会有好的事情发生，没有什么理由，就是相信。你终究会变得和岁月一样宽宏，前路浩浩荡荡，万事尽可期待。

若是美好，叫作精彩；若是糟糕，叫作经历。

除了你自己，
谁都没资格叫你放弃

有的时候水瓶座的梦想太大，别人说水瓶的梦想根本不可能实现；有的时候水瓶的梦想又太小，又有人说水瓶胸无大志；不过又能怎么样呢，未来始终是自己的，梦想始终是自己的，没有人会来帮你实现它。所以对水瓶座来说，最怕的不是万人阻挡，他们唯一害怕的就是自己向命运投降。

水瓶座是典型的不按常理出牌的星座，没人知道他们在想什么，让你猜不透是他们努力的终极目标。但同时他们也确实是幽默风趣，一直都是焦点，能逗得你开怀大笑，也能给你上课讲人生大道理。当你走了很多路再回头看时，就会发现能给你留下深刻印象的一定有水瓶座！

年轻时候，可以一个人去最远的地方，
爱不可能的爱人，完成最遥不可及的梦想。

席慕容曾在《独白》里这样写道：在一回首间，才忽然发现，原来，我一生的种种努力，不过只为了周遭的人对我满意而已。为了博得他人的称许与微笑，我战战兢兢地将自己套入所有的模式、所有的桎梏。走到途中才忽然发现，我只剩下一副模糊的面目，和一条不能回头的路。

你知道，这不是你要的人生。

你走过的每一步，都很难让所有人满意。世界太吵，你要多听听自己。去做你想做的事，去追求你曾在心里许下的每一个愿望。留一个藏在心底的梦，才能拥有不平凡的岁月。

你的时间有限，不要浪费于重复别人的生活，不要让别人的观点淹没了你内心的声音。

梦想不会逃跑， 会逃跑的永远都是自己。对坚持最大的鼓励，不是“你可以”，而是多年后说一句“还好你没放弃”。

留一个美好的梦，做一个平凡的人，才能拥有不平凡的岁月。留一个藏在心底的梦，即使双眼模糊了光影，平凡的努力，也将唤起不平凡的人生。

生活给你的苦难与折磨并不取决于生活本身，而是取决你看待问题的方式，请你相信努力地活着总比卑微地死去要强得多。

你选择活着也坚信一定要活着的理由是，你想知道生活给你短暂一生的答案是什么，所以不到谜底揭晓的一天不要放弃自己。

永远不要用你的现状去判断你的未来。如果你还没有得到你想要的，不要灰心沮丧，不是你不配，而是未来你值得拥有更好的。

所以耐心些，给时间一点时间，别畏惧暂时的困顿，即使无人鼓掌喝彩，也要全情投入，优雅坚持。

愿你能努力地像个孩子，跌跌撞撞地去寻找童话中那一朵瑰丽的七色花，开始了这段以勇敢起誓的征途。

因为执着，所以在追逐的路上越走越远；因为执着，所以

被沿途的荆棘伤得血迹斑斑；因为执着，所以有了永远的遗憾，这是一段灿烂而短暂的路，犹如一条远古的小巷，深深地吸引着你。

毕竟这条路是自己选的，虽不见七色花朵大放异彩，可自己却渐渐从那片沼泽地慢慢地爬出，那颗狂野的心也能安静地成长了。

你不断地跟熟悉的东西告别，跟熟悉的人告别，做一些以前从来不会做的事情，爱一个可能没有结果的人。

成长的一个副作用就是，无论看到谁和谁分开都不会太奇怪。但换个角度来看，这也许是一个正作用：无论谁离开，你都有足够的勇气去面对新的一天。这不好也不坏，必经的一程而已。

也许，在所有不被看好，无人尝试的错误的选择背后，会有不曾见到的可能，不曾设计的未知。未知让人恐惧，却也引人好奇，更因此证明你的勇气，成就你的自信。

在每个死胡同的尽头，都有另一个维度的天空，在无路可走时迫使你腾空而起，那就是奇迹。

莱蒙托夫有首诗这样写道：一只船孤独地航行在海上，它既不寻求幸福，也不逃避幸福，它只是向前航行，底下是沉静碧蓝的大海，而头顶是金色耀眼的太阳。

孤独无助的时候，永远不要逃避，也不要立刻找别人倾诉。最好的办法是静下来，对着镜子问问自己想要什么，你一定能找回你自己。

你既然认准了一条道路，何必去打听还要走多久。愿你不遗余力，执着于自己想要的一切。

你的人生不会辜负你，那些转错的路口，那些流下的泪水，那些滴下的汗水，都将在未来的某一天，让你成为独一无二的自己。

配得起自己的野心，不辜负所受的苦难

水瓶座的人天生就有着哲学家与艺术家的气质，在水瓶座的心里，梦想再大也不嫌大，追梦的人再小也不嫌小。

水瓶座明白，一个独一无二的梦，不是两个人一起可以完成的，而是注定要孤独地旅行。如果彼岸有人等待，他们会将那个人放在生命中非常重要的位置；如果没有，对他们来说也没关系。

你知道梦想这种东西太过于冷暖自知，
大多时候会觉得自己只是在钢索上孤单地前进着，
所以才更加明白一句鼓励是多么重要，
才更加明白那些愿意陪着你一起做梦的人是那么难能可贵。

如果骄傲的梦想被现实冷冷拍下，还要不要远方？
如果心中的信仰被岁月念念而淡，还能不能坚强？
如果肩负的使命被时光匆匆中断，还会不会追逐？

所有光鲜亮丽的背后，都曾熬过无数个不为人知的黑夜。

没人知道你一个人走夜路时的心惊胆战，也没人知道你熬夜加班时的辛苦，更没人见过你深夜里哭肿的双眼。

在不断的成长中，我们终是错过了一些季节，错过了一些事，错过了一些人。

在这世上，总会有些人和事让我们悲伤、让我们愤恨、让我们耿耿于怀。没有人喜欢孤独，但有时我们不得不孤独；没有人喜欢受伤，但有时我们不得不受伤。

我们都曾经以为，经验可以帮助我们好好抵抗命运，但其

实不是，岁月只能增加我们的忍让力，把意外比上一次处理得较为好看与妥当。

时间真是个最厉害的魔法师，在它的手里，每个人都在不声不响的改变中悄悄地成长。不知不觉中，那些曾经的激情和执着，那些曾经的天真和梦幻，早已在岁月里慢慢远去。

一个人最好的模样大概是平静一点，坦然接受自己所有的弱点，不再因为别人过得好而焦虑，在没有人看得到你的时候依旧能保持节奏。

一辈子不长，有些精彩只能经历一次。不要等，有时候被动的等待，就会让等待成为一种习性，会让人在等待中蹉跎了岁月。

渐行渐远的回望里，那些痛过的、哭过的，都演绎成了坚强；那些不忍放手的、念念不忘的，都定格成了风景。安静中，心也渐渐沉静下来。或许是棱角平了，或许是成熟稳重了，日子越来越平淡了，脚步越来越踏实了。

时间可以苍老容颜，淡化记忆，改变风景，但你的初心，你若坚守，它定不会丢失。心平静了，世界将会变得平静；心刚毅了，磨难就不只是磨难。温柔要有，但不是妥协，你要在安静中，不慌不忙地坚强。

虽然生活和梦想会让你遍体鳞伤，但到后来，那些受伤的地方一定会变成你最强壮的地方，那些路上孤单寂寞的时光，都将使你变得更加强大。

记住，可以哭，可以恨，但是不可以不坚强。因为你必须非常努力，才能做到毫不费力。

你无法决定明天是晴是雨，爱你的人是否还能留在身边，你此刻的坚持能换来什么，但你能决定今天有没有准备好雨伞，有没有好好爱人以及是否足够努力。

永远不要只看见前方路途遥远，而忘了自己坚持多久才走到这里。今天尽力去做的，虽然辛苦，但未来发生的，都是礼物。

青春是用来浪费，用来做梦，用来努力的，你应该用这样的时光做你想做的事情，变成你想变成的人，哪怕这很难，哪怕会失败。因为不管怎么样，你都不想要遗憾，因为你不想老

了之后回想起来，没有一个回忆起来能让你嘴角上扬的青春。

再不疯狂，就老了。再不做梦，就老了。

黑夜终究要黎明，即使是最寒冷的夜，第二天的太阳也会出现，用它散发的光芒温暖你。人生，总会有不期而遇的温暖，和生生不息的希望。

你所经历的那些真实的事情会让你变得坚强起来，而只要用这份坚强来不停地许愿，梦就会成真。

实际上，这个世界上没有不带伤的人，真正能治愈自己的，只有自己。

如 果 你 知 道 自 己 要 去 哪 里，
那 么 全 世 界 都 会 为 你 让 路

水瓶座是比较疯狂的星座，介于疯子和正常人之间，是有点神经质的梦想家。具理性，言语中带哲理和逻辑，具有领导能力。

水瓶座不喜欢做决定，小事情随便怎么样都行，无所谓。大事情很喜欢听朋友的意见。如果你是水瓶座可以信赖的人，他们会问你的意见，你需要做的只是分析，其余的交给水瓶座。如果他们觉得你分析得有道理，会在心里琢磨，可行就采纳。如果水瓶有了自己的想法，一旦下了决心，就算全天下反对，几乎没有改变的可能。

梦想的美好在于和现实之间那道永恒的距离，
柔软的光芒就照耀在那条永无止境的路上，
需要我们以坚强之名去探索，
以柔软之心去体验。

人生到底该往哪走，每个人给的答案都不同。

自信是信自己，而不是信路。你相信自己可以走通这条路，而不是相信这条路可以成全你。

这才是人生。

或许，世上本就不存在更好的那条路，但存在最好的路——那就是你自己所选择的并且坚定地走下去的，即便外人并不看好，即便你自己有时也会怀疑，但你一直在往前走的那条路。

生活告诉你，你应该长大了。梦想会告诉你，你应该有一颗坚定的心。

二十几岁时，你可能觉得自己运气糟透了，你所感兴趣所擅长的一切，都是别人眼里毫无意义没有用处的东西。感觉到这个世界所带来的恶意、苦闷和挫败。

直到多年后你发现，当年所有的机缘巧合，其实统统都是

指向你现在拥有的人生。如果你觉得生活吃力处处碰壁，那是因为命运在指一条全新的道路给你。

青春的日子里，你从青涩少年渐渐走向成熟，从起初遇到困难寻求保护到现在可以独自为家人撑起一片天，所有成长中蜕变的痛，你选择了留给自己。只身在外摸爬滚打，经历的艰辛困苦使你无数次想拿起电话告诉家人你的委屈，可你总是在最后一刻换成一句“我没事，挺好的”。

曾经那么多的人告诉你这个不可能、那个不可以，你不再去争辩，只是默默前行，用近乎固执的坚持把那些不可能变成了可能。

每一次号啕大哭的冲动，每一次感觉心中有只困兽来回冲撞，在热闹喧嚣的聚会里突然感到一阵落寞，面对未知明天不知怎么就没了继续下去的勇气……

这些没来由的情绪，都是心事的障眼法，宛如飘满彩带的烟幕弹，让你看不见痛苦的缘由。

有些事不是看到了希望才去坚持，而是因为坚持了才会看到希望。

请你坚持，无论有多绝望，无论有多悲哀，每天早上起

来，都要对自己说，这个世界很美好，值得你为之奋斗。

人这辈子，有人羡慕你，有人讨厌你，有人嫉妒你，有人看不起你，没关系，他们都是外人。

生活就是这样，你所做的一切不能让每个人都满意，不要为了讨好任何人而失去自己的本性，因为每个人都有原则，别人嘴里的，不是你真的想要的。

过自己想要的生活，上帝会让你付出代价，但最后，更优秀更完整的自己，就是上帝还给你的利息。

总有一些美好，是辛苦追寻换来的。所以，你要相信，属于你的总会到来。只是你需要不停地寻找，在这过程中，试着让自己变得更丰盛，更强大。

你不能因为恐惧，就拒绝去发现这个世界的未知，只要有足够的勇气、智慧，懂得保护自己，就能尽可能地避免不幸的发生。足够真

诚和勇敢的人，可以驱赶内心对死亡的恐惧，只要你对这个世界的爱够纯粹。

现在无法触碰的难过，终将可以当作笑话去讲。时间不能改变你的故事内容，却可以改变你的叙述方式。

当你独自在黑暗中行走，没有人帮忙，没有人关怀，在没有人陪伴的荒凉里，你的隐忍，你的积极，你努力抵抗世界的姿态都会成为他人眼底一抹绚丽的彩虹，成为他人在面临灾难里的一米阳光，你眼前的生活成了他人心中的风景，这何尝不是人生的另一种丰盈。

当梦想照进现实的时候，每一天早晨闹钟响起的时候，是起身一跃还是翻身盖被，才是证明自己的最好答案。焰火下的孤独，是每一个梦想必须经过的地方。

你走过的路，会成为回忆里的风景；你所有经历，会成为你的财富；你曾经的负担，会成为你的礼物；你受的苦，会照亮你未来的路。

你要忍，忍到春暖花开；你要走，走到灯火通明；你要看过世界辽阔，再未评判是好是坏；你要铆足劲儿变好，再有底气地站在以前不敢想象的人身边。

你要变成想象中的样子，这件事，一步都不能让。

唯梦想和好姑娘不可辜负

对于真正喜欢的东西，水瓶座会执着得让人害怕。

水瓶座的人根本就不知道放弃是什么，除非是自己发现这东西不值得。他们做事坚定执着不虚假，愿意为自己的梦想和所爱的人放弃一切，奉献一切，不计后果、不计得失。

你可以说水瓶傻，说他们一根筋，但当他们做出决定时，请相信他们是出于真心，不会回头的。撞了南墙怎么办？那是凡夫俗子才担心的事，对于水瓶来说，即便是撞了、疼了、流血了，也好过从未见过南墙，并且水瓶自身的能量，也不会允许自己经历挫折后便一蹶不振的，所以，还有什么好怕的。

真正属于你的东西，
即使被短暂遗忘了，铺满了灰尘，
也会牢牢霸占你内心的一个角落，
等着终有一日被击中、被唤醒，就像爱情和梦想。

人的一生，都有一些说不出的秘密，挽不回的遗憾，还未完成的梦想，忘不了的爱。

经历了世事纷扰，你要知道，世界上有两件事是不需要告诉别人的，那就是你的梦想和你爱的人，如果你要去做一件事，如果你爱上了一个人，请不要炫耀，也不要宣扬，只管安安静静地去行动 。

因为，人的一生要疯狂一次，无论是为一个人，一段情，一段旅途，或一个梦想。

爱或被爱，都让生命不再平凡。你的心，要用笑和泪才能装满。

别人谈爱情，体会不了的人，说那不过是秀恩爱；别人看文字有感受，体会不了的人，说那不过是碗鸡汤；别人为梦想而追逐，体会不了的人，说那简直是痴心妄想。

那时候，未来遥远而没有形状，梦想还不知道该叫什么名字。你常常一个人，走很长的路，在起风的时候觉得自己像一片落叶。

仰望星空，你想知道：有人正从世界的某个角落朝我走来吗？像光那样，从一颗星到达另外一颗星。后来，他出现了，又离开了。

缘聚缘散，情来情往，人生总会经历许多事情，但不要让爱成为一种伤害。如果有一天，感动得不再流泪了，悲伤得不再哭泣了，或许该悄悄离开。

生命就是一种约定，相逢都是天定，就如花开，怒放后总要衰败，既然有过喜爱，就不要伤害，相信曾经的依旧可人、温馨。

有的人来到你身边，是告诉你什么是真情，有的人是告诉你什么是假意。就像有的人来到你身边是为了给你温暖，而有的人是为了使你心寒。

这一切都是生命的礼物，无论你喜欢与否也要接受，然后学着明白它们的意义。

年轻的我们总有很多东西无法挽留，比如走远的时光，比如枯萎的情感；总有很多东西难以割舍，比如追逐的梦想，比如心中的喜爱。

面对前进道路上的未知因素，路走不通的时候，不要眷恋前面的风景，不要回望来时的行程；简单做自己，总有一扇门为你打开。

你是一个什么样的人，就会听到什么样的歌，看到什么样的文，写出什么样的字，遇到什么样的人。你能听到治愈的歌，看到温暖的文，写着倔强的字，遇到正好的人。你会相信那些信念，温暖、爱、梦想和坚持这些早就老掉牙的字眼，是因为你就是这样的人。

经历过的人和事，都是生命里的一盏灯，无论是明是灭。谁都有许多不愿面对的过往，用力却爱错了的人，一厢情愿的梦想，幻觉一般落入的陷阱。

你曾经不原谅那个笨极了的自己，后来又学着一点点放下自己和对方，毕竟爱错了的人曾是你认真爱过的；愚蠢至极的决定也曾是你认真考虑后才有的，你做了最真实的自己，你并没有辜负你自己，就当时光终于为幼稚买了单，虽然傻气，也算成长。

人生到最后，或许就是一场相似的抵达，一间住所，一个伴侣，几个儿孙，一场生活。

那些年轻时因恐惧、幼稚和压力而做出的违心的选择，就让错过的人和日子成了心头永久的遗憾。而或许爱情这件事，最持久的快乐，就来自于内心的声音。在不伤害别人的前提下，遵从自我的意愿去爱，去生活。

人生并不一定要找到什么惊天动地的意义。我们活着，是因为热爱。我们结婚，是因为相爱。

这样的人生，才不算白来一场。

愿日后想起时，
你会被自己感动

对于水瓶座的人来说，梦想其实是并不需要别人提醒、外物刺激的一个东西，它融化在日常生活的每一个细节当中。只要和水瓶座一交谈，你很容易就会发现，追求梦想对瓶子来说，其实是追求独特的自我。

水瓶不屑于复制别人的梦想，他们只想做独一无二的自己。如果你支持，他们会感激，如果你不理解，他们也不会勉强。他们心里还会想“不懂我的人多了，也不差你一个”。

如果你是水瓶的家人和朋友，请你理解他们的热爱和独特，包容他们的不羁和自我。因为对于水瓶来说，感动自己，比感动别人重要多了。

人生到了某一个阶段，生活就会开始给你做减法。
拿走你的一些朋友，让你知道谁才是真正的朋友。
拿走你的一些梦想，让你认清现实是什么。
当你能看着自己忙里忙外，成为自己生活的旁观者，
你才能找到自己的节奏。

指缝太宽，时光太瘦，一辈子真的不长。

年轻的时候，连多愁善感都要渲染得惊天动地 。长大后却学会，越痛越不动声色，越苦越保持沉默。

每个人，都会有觉得自己不够好的时刻，羡慕别人闪闪发光的时候，但其实大多数人都是普通的，因此不必沮丧，更不必惊慌，不妨做努力爬的蜗牛或坚持飞的笨鸟，在最平凡的生活里，谦卑和努力。

这个世界，没有一种痛是单为你准备的。因此，不要认为你是孤独的疼痛者。也不要认为，自己经历着最疼的疼痛。

尘世的屋檐下，有多少人，就有多少事，就有多少痛，就有多少断肠人。在芸芸众生的痛苦里，你才会发现，自己的这点痛，真的不算什么。

每一个人都有一套自己的人生剧本，同样的剧本，有些人可以演成喜剧、励志剧，有些人则是把它变成悲情戏，郁郁寡欢地觉得自己有一万个理由要痛苦。

每个人的一生，都会经历无数的人和事，好的坏的，温暖的回忆，渐长的伤痕，都无法拒绝，只有接受。生活比你还要了解你自己，它可狡猾了，它给你的苦涩，永远让你失望而又不至绝望，而给你的甜蜜，永远让你浅尝辄止而充满想头。

但就在这些人和事中，人逐渐学会成长。

时间能让伤口痊愈，虽然总会留下或深或浅的痕迹。或许人生本来就应是酸甜苦辣尝遍，才能让人有活着的快感。

每个人，都有一段沉默孤独的时光，父母不能一直帮着你，朋友不能总是围着你。那一段时光，要付出很多努力，忍受孤独和寂寞，不抱怨不诉苦，日后说起时，连自己都能被感动。或许你没那么优秀，但是有梦想，并且一直在努力。

你有着最朴素的生活，与最遥远的梦想。即使明日天寒地冻，路远马亡。

生活就是要这样，一路有风有浪，有爱的人和一群温暖的

朋友，有一些浪漫和念不尽的诗歌，有梦想有阳光，让你慢慢也变成内心温柔的人。

起风的日子学会依风起舞，落雨的时候学会为自己撑起一把伞。生活有望穿秋水的期待，也会有意想不到的欣喜。

走在路上，挫折是难免的，低潮是必然的，孤独与寂寞是如影随形的；总有被人误解的时候，总有寄人篱下的时候，总有遭人诽谤与暗算的时候。

这些时候，要知道潮涨潮落、波谷波峰的道理，只要你能够耐心等待，受得了折磨，守得住底线，一切都会证明，生活不会抛弃你，命运不会舍弃你。

总有一天，你不再心灰意冷，也不会有憎恨抱怨。那种感觉，像平静的水面，知道太阳底下必定闪烁波光粼粼，知道弯弯曲曲流向何方，懂得波澜都不过是一种必经，藏在水平面之下。

总有一天，开始知道，你所想要的究竟是什么生活，你所想要的是什么人，更为重要的是，你要怎样才能收获幸福的保证书。

总有一天，你会站在最亮的地方，活成自己曾经渴望的模样，在喜欢你的人那里，学会了热爱生活；在不喜欢你的人那里，学会了看清世界。朝着太阳生长，做一个温暖的人，不卑不亢，清澈生活。

你说做自己，是这个世界上最温柔的力量。所以，有些路，大约终须你一人将它走完。

很多年以后，当你回想起，但愿唯一让你觉得真实和骄傲的，是你执着过的自己的人生。

你只有非常努力，
才能看起来毫不费力

水瓶座畏惧没有进步、停滞不前、没有变化的生活，他们害怕被限定在一个僵化的环境里，他们害怕自己的大脑不能够去飞翔去奋战，他们害怕没有对于不同事物的实践和体验经历。

水瓶身上都有一种不服输的执着劲儿，别看他们平时嘻嘻哈哈，看似什么都不在乎不放在眼里，可一旦到正经事儿上绝不让人失望。而且你还千万别小看他们干大事儿的心，他们乐意去尝试自己所热爱、所好奇的一切。人生短暂，对他们来讲，不是所有的事都能如愿以偿，但所有的事都值得一试。

青春的可贵并不是因为那些年轻的时光，
而是那颗盈满了勇敢和热情的心，
不怕受伤，不怕付出，不怕去爱，不怕去梦想。
青春的逝去并不可怕，
可怕的是失去了勇敢地热爱生活的心。

每一个你所浪费的今天，都是昨天死去的人曾经奢望过的明天。每一个你所厌恶的现在，都是未来的你想回也回不去的曾经。

世界上唯一可以不劳而获的是贫穷，唯一可以无中生有的就是梦想。真正重要的事情，不是用眼睛能看见的。你要用心，才能看见它的真实。

没有任何一件事，不动手就可以实现。世界虽然残酷，但只要你愿意走，总会有路；世界很美好，只要你肯走下去。

那些看上去光鲜的人背后一定经历过万千烦恼，没有谁的成功是一蹴而就的，你受的委屈，摔的伤痕，遭的冷眼，别人都有过，他们身上有光，是因为扛下了黑暗。

生活给了一个人多少磨难，日后必会还给他多少幸运，为梦想颠簸的人有很多，不差你一个，但如果坚持到最后，你就

是唯一。

你辛辛苦苦来到这个世界上，不是为了每天看到的那些不美好而伤心的，你生下来的时候就已经哭够了，而且你并不能活着离开这个世界，所以，还不如去相信，去闯、去梦、去后悔。

长长的路，你独自跋涉，背上的行囊一日重于一日，但终其一生无法割舍初心。在这种安静而坚韧的坚持中，纯真得更加纯净，激越得更加慷慨，所以不敢枉费半点光阴。在时间的打磨中，你的青春不曾褪色。

梦想这东西和经典一样，永远不会因为时间而褪色，反而更显珍贵。说出来像是一个矫情的东西，它是生在暗地里的一颗种子，只有破土而出，拔节而长，终有一日开出花来，才能正大光明地让所有人都知道。

许多惊喜值得期待、值得等待，在此之前，除了坚持，别无选择。

这个世界是公平的，所有从你手中流逝的，终有一天会以你希望的样子回到你手里。

那些你沿途洒下的汗水，那些你暗自流下的热泪，那些你倾心传递的温暖，已悄然地流向宇宙的某一个角落。而所有藏匿在未知远方的细流，将在不经意的某一天汇聚成一道彩虹，穿越时空回来拥抱你。

你披荆斩棘过，也谨小慎微过，横冲直撞过，也不知所措过。世界上只有一种真正的英雄主义，那就是在认清生活的真相后，依然热爱生活。

愿你一生活得尽兴，而非庆幸。

第五辑

不亏待每一份热情，不讨好任何一份冷漠

水瓶座具有敏锐的洞察力和去伪存真的判断力，正义感极强。他们特别注重真实，不熟稔于人们司空见惯的旧习和规矩。水瓶座的人极重视友情，在他们看来，一辈子的友情远远超过于那短暂的利益。无论何时何地开始一段友谊，他们都会百般珍惜。

水瓶座性格像孩子般纯真，不拘小节，秉性纯洁，在他们的眼里，没有任何阶级性，对任何人都非常友爱。只是偶尔会显得变化无常，执拗任性，钻牛角尖。在纯真的笑脸下，他们总是将痛苦隐藏在内心深处，所以水瓶座常常是敏感脆弱的。

水瓶座有着高贵的灵魂，他们执着并且决不屈服。很多情况下，他们是直接的，对于不屑的事物绝对不会多看一眼。他们讨厌自私的人，却总被别人形容为自私的人，对此，水瓶座的人总是一笑而过。

不曾在你巅峰时慕名而来，也未曾在你低谷时离你而去

水瓶一旦认定对方是自己的朋友，即便是自己吃一些亏也无所谓，只要朋友能在他们需要的时候陪他们聊聊就足够。对于朋友的事情，他们也会当作是自己的事情一样，热心去帮助对方。大事帮得妥妥的，小事也处理得一点都不含糊，朋友过个生日准备得比自己生日还上心。

作为朋友水瓶是真心的讲究和义气，你有事他能做到的必定尽力。他有事从来不好意思向别人张嘴，就自己憋着。你觉得天要塌下来的事，水瓶特能稳得住，总能让你觉得很安心。如果你身边有一个水瓶的话，应该是比较幸福的。当其他朋友在你低谷时离你而去时，若还有一人在你身边，那一定是水瓶座。

有的人让你看见更大的世界，
有的人只适合碰杯玩闹无聊消遣，
有的人能在雨天陪你共撑一把伞，
有的人就是用来说再见的。

这辈子，与你擦肩而过的人很多，和你相识的人也是不计其数。有血缘关系的亲人就是屈指可数那么几个，除了亲人之外，还有另外一种人，这种人尽管没有血缘关系，但他却像亲人一样关心你、爱护你、帮助你、在乎你，这种人就是朋友。

有一种一时的朋友，他或是曾与你共度某个假期，或是曾共度几天甚至几个小时。在一起的时候，他总能让你的脸上挂满微笑。也有一种远方的朋友，他位于枝干的末端，有风的时候，他会在其他叶子中间若隐若现。他虽然不总在你身边，但一直与你的心灵很近。

真正的朋友，不是双方有意识地吸附与黏合，而是彼此间的无意识地渗透与融入。

吸附与黏合，常常怀有目的性和功利欲，或含蓄或浓烈，总之，看起来有些心怀鬼胎；而渗透与融入，则不然，云淡风轻的，风倏忽间来，云恬淡着去，无欲无求，是心灵最真挚的

握手，是情感最纯净的需要。

真正的朋友，是一种相互认可、相互仰慕、相互欣赏、相互感知的过程。对方的优点、长处、亮点、美感，都会映在你的脑海，尽收眼底，哪怕是朋友一点点的可贵关心，也会成为你向上的能量，成为你终身受益的动力和源泉。

朋友的智慧、知识、能力、激情，是吸引你靠近的磁力和力量。同样，你的一切也是朋友认识和感知的过程。

真正的朋友，不依靠事业、祸福和身份，不依靠经历、地位和处境，它在本性上拒绝功利、拒绝归属、拒绝契约，它是独立人格之间的互相呼应和确认。它使人们独而不孤，互相解读自己存在的意义。

真正的朋友，是至简至真的，会站在比朋友更高的一个位置与之相处，不会对朋友有所求。

真正朋友之间，是有距离的。

这个距离，不远，也不近；不疏，也不密。是一颗心对另一颗心的欣赏，是一段情对另一段情的仰望。朋友不一定常常联系，但也不会忘记，每次偶尔念起，还是感觉那么温暖、那

么亲切、那么柔情；朋友是把关怀放在心里，把关注藏在眼底；朋友是相伴走过一段又一段的人生，携手共度一个又一个黄昏。

朋友是想起时平添喜悦，忆及时更多温柔，朋友如醇酒，味浓而易醉；朋友如花香，淡雅且芬芳；朋友是秋天的雨，细腻又满怀诗意。朋友是十二月的梅，纯洁又傲然挺立。

朋友不是画，它比画更绚丽；朋友不是歌，它比歌更动听；朋友不是洁白的雪花，它比雪花更纯洁。朋友应是那意味深长的散文，写过昨天又期待未来。

朋友像块晶莹的宝石，需要用真诚去雕琢，用理解去保鲜，用沟通去修饰。

朋友不一定要门当户对，但一定要同舟共济；不一定要形影不离，但一定要心心相惜；不一定要锦上添花，但一定要雪中送炭；不一定要天天见面，但一定要放在内心里。

朋友本不该有那么重要，朋友又的确那么重要。生命里或许可以没有感动、没有胜利、没有其他的东西，但不能没有的是朋友。

朋友最真是瞬间永恒、相知刹那；朋友的可贵不是因为曾一同走过的岁月，朋友最难得是分别以后依然会时时想起，依然能记得：你，是我的朋友。

有朋友的日子里总是阳光灿烂，花朵鲜艳；有朋友的时候才发现自己已经拥有了一切。

你可以失去很多，但不能失去的是朋友。

朋友也许并不能成为一段永恒，朋友也许只是你生命中某段时间的一个过客，但因为这份缘起缘灭，更使生命变得美丽起来，朋友的情感更加生动和珍贵。即使没有将来又有何妨？

至少，曾经他与你一起走过朋友的路。

有的人，他如家人般陪伴你，如爱人般支持你，他不曾在你巅峰时慕名而来，也未曾在你低谷时离你而去。他在大雨中为你撑伞，帮你挡住外来之物，黑暗中默默抱紧你，与你彻夜聊天……正是一点一滴的温暖使你远离阴霾，使你成为善良的人。

很多时候，你能步行千里，却最怕有人要陪你一程；你能咬牙吃一百种苦，却最怕突然有人关心；你能承受各种委屈，却最怕有人为你出头；你努力照亮自己的人生，却最怕别人为你点一盏灯。

和我们一同笑过的人，我们可能会把他忘掉；但是和我们一同哭过的人，我们却永远忘不了。

愿你的一生，能有幸遇见这样难得的朋友。

因为得不到，
所以假装不想要

水瓶有时很没脑子，但也可以理智得很冷漠，粗心时忘乎所以，却也可以细心得难以置信。

水瓶看起来很坚强，实际上也很脆弱敏感。水瓶会把所有对他好的人记在心里，而不是总挂在嘴上；水瓶会把那个念念不忘的，给过他疼痛的人埋藏在回忆里，却在相遇时，微笑着装作毫不在意。

有时假装不在意，有时假装根本不想拥有，
但瞒天过海瞒不过你眼睛，飞天遁地飞不出你掌心，
你在哪里，我的心和脚步就跟到哪里。
人啊，需要隐藏多少秘密才能巧妙地度过一生。

有时候，你不是不理他，只是在等他先开口。有时候，你真的好想跟他讲话，但又很怕他嫌你烦。有时候，你只是需要一个可以说话的人。

有时候，你真想他能懂你，即使你什么都不说。有时候，总有种想哭的冲动，却不知道为什么。有时候，你在乎的不是他所说的，而是那些他没有说出口的。

有的人把心都掏给你了，你却假装没看见，因为你不喜欢。有的人把你的心都掏了，你还假装不疼，因为你爱。

你总是不想被人看懂看穿，那样你怕泄露了自己的秘密。

明明是他偷走了你的心，但是每次目光相接的时候后，先逃开的总是你，好像你才是那个小偷。擦身而过时，假装跟身边的人谈笑风生，心情却随着余光里的他走。

怕他知道，又怕他不知道，最怕他知道却装作不知道。认

识他之前，一直觉得单身真好，认识他之后，每天都在祈愿有情人终成眷属。

明明很在意，却假装不在乎；明明很爱他，却在他面前假装不经意；明明很想他，却欺骗自己不再想他；明明很在乎他的举动，却假装看不到；明明很关心他，却在当别人说起时，假装听不到；明明很心疼他，却看上去毫不在乎；同样，明明心很痛，却从来未曾想过要放手。

因为得不到，你假装自己根本不想要。可你即便是瞒天过海、飞天遁地，也藏不住。很多事是没办法假装的，比如心事这东西，即便你捂住嘴，它还是会从眼睛里跑出来。他在哪里，你的心和脚步就跟到哪里。

情人心里的天平，砝码细微如发丝，他笑了，你的天晴了，他沉默了，你的心灰了。你捕捉他的任何眼神，判断他是否热情，你收集他的所有短信，衡量他是否眷恋。

亲爱的，终有一天，时光会给你答案，告诉你可以停止做这些了。

请你明白，爱有着神奇的力量，它若让你变得患得患失，神经兮兮，痛不欲生，猜来猜去，那便不是好的爱情。

好的爱情根本不会让你心力交瘁地去经营，爱你的人也不会让你担惊受怕，猜来猜去，欲走还留。好的爱情会让你想要成为更好的人，更努力的人。

你早晚会遇到那个不需要在他面前逞强的人，他陪你熬夜，下雨接你，他不需要你再假装自己，他懂你的逞强，给你这世上最温暖的拥抱。

好的东西，总是压箱底，遇到时，记得要珍惜。

笑 起 来 像 个 孩 子 ，
冷 起 来 是 个 谜

水瓶座的人内心世界极为错综复杂，很难理解。给人的表象是朴实爽直，但内在心里总是在悖论和矛盾的境界中徘徊。

一般来说，水瓶座对人热忱，愿意帮助人。但在某些特殊的情况下，他们也会表现得异常冷漠和不近人情。对此，水瓶可是懒得去解释的，他们心里会想“我的人生为什么需要跟别人解释”。所以，如果你身边有水瓶座，请你原谅他们的阴晴不定，要看到他们那颗炙热简单的心。

或许每个人都有一个死角，
自己走不出去，别人也闯不进来，
我把最深的秘密埋在那里，
你不懂我，我不怪你。

明明前一刻还觉得新鲜和兴奋，下一刻却又不知道心底那份情绪是悲从何来。你笑起来像个孩子，天真得像是童话里走出来的天使。可当你沉静时，脸上挥之不去的忧伤，还有眼底凝固着一丝看破红尘的味道，才真的让人心疼。

或许，倾心已久的人就在你举目可见的地方，却不一定是在等你；或许，付出努力和艰苦后，却没有得到想要的；或许，积年累月地寻找着事业突破的窗口，现实却并不成全你。

或许，你的肉体会遭遇些病痛；或许，你的亲人在经历些变故；或许，你的明天依旧遥远；或许，……

你活得累，是因为能左右你心情的东西太多。天气的变化，人情的冷暖，不同的风景都会影响你的心情，而它们都是你无法左右的。

可是，有点情绪不要紧，当走入一种消极的情绪后，要及

时地走出来，努力调整自己，不要让坏的情绪长久地占据你的心灵，影响你本可以开心和幸福的生活。

有时候最简单的渴望，却成了最遥不可及的奢求。

生命中，总有些人，安然而来，静静守候，不离不弃；也有些人，浓烈如酒，疯狂似醉，却是醒来无处觅，来来去去都如风。

缘深缘浅，如此这般：无数的相遇，无数的别离，伤感良多，或许不舍，或许期待，或许无奈，终得悟，不如守拙以清心，淡然而浅笑。

你想要最简单的幸福，却在追赶时力不从心。幸福是自己的感觉，需要自己细细去体会。

幸福的距离，有时近，有时远，以为就在咫尺，转眼却还在天涯。

平静的生活就像一杯白开水，喝起来淡而无味，却不知道正是它的纯净无瑕才让你的生命幸福，懂得生活的人才会在平淡中品出甘甜和幸福。

幸福就是这样地缥缈不定却也真实地存在着。对幸福开始

渐渐地有所感悟，看看身边的人，有幸福的笑容，也有落寞的情绪。再看看自己，还不是如此，有开心的时候，也有落寞的时候。人生数载，面临着许多考验，也会有很多的得到和失去，也有许多的成功和失败。

上天对每人都是公平的，它在关上一扇门的同时，必定会打开一扇窗。无论遇到多么糟糕的情况，世界都为其预留了道路。

回首过往，年少的轻狂，痴心的妄想，再痛苦的痛苦，再忧伤的忧伤也已经随着时光的悄悄流转而消失在心上。

相信许多年以后，当你谈论着一个个曾经那么激动而现在那么平淡的故事时，就仿佛是发生在别人身上的故事。

无论过去发生过什么，你要相信，最好的尚未到来。即使生活给你一千个伤心的理由，你也要找到一千零一个开心的借口，不管这个世界多么残酷，都要保持一颗释然宽容的心，

用你的笑容冰释所有冷漠。

起风的日子学会依风起舞，落雨的时候学会为自己撑起一把伞。当你内心饱满且柔软，便装得下喜悦，也经得起苦难。

当我们能够如蝴蝶一般挣脱开多年来缠缚自己的厚厚的茧壳，这最艰难的迈出，是我们真正开始成长的机遇。

记忆中那些值得留恋和回味的事情，已经被尘封。每每掀开，都有来自心灵深处的感动。细细的品味，昔日的美好时光，流淌成一条长长的河，飘飘荡荡地流向远方。

天无非阴晴，人不过聚散，沧海桑田，你心不惊，自然安稳，便是晴天。

听过无数道理，却依然过不好这一生

水瓶座被称为不是怪咖的怪咖，永远是为自己而活的人，但他们却尽量做到不伤害周围的人。他们可以有一大群和自己观点大相径庭的朋友，也能既不会受别人观点的左右，也不会弃朋友而去。

水瓶是理智中带着矛盾。道理他们都明白，但消化道理需要时间，并且是不能被打扰地自己消化。你来硬的，他就会坚持看谁能硬过谁。你来软的，水瓶立马就觉得自己错了，全都错了，恨不得马上道歉。水瓶座有时也非常在乎公众是怎样看自己的，但一不留神就和世界格格不入。

为你，千千万万遍遍体鳞伤还是会义无反顾，
也许这就是人生，因为人生不是只做值得的事情。

青春是执拗的，哪怕跌得头破血流，也要追随自己的心；青春也是倔强的，哪怕千万人阻挡，也要无悔于心。

这一生，大概要听到许许多多的道理，有人告诉你如何避免弯路，有人告诉你如何更快成功，有人告诉你如何不被爱情所伤，有人告诉你什么才是快乐……

生活就好像一个剧本，现实中的每个人都是剧本里塑造的角色。有些人表现得很自然，因为他们是用心去演，在人生的大舞台上将自己真实的一面展现出来，所以他们演得感人。也有些人，他们按照剧本里的条条框框严格演绎，因此在人生的这场戏中他们没有演出真实的自己，而是选择把真实的面孔躲在规则、道理、指导的背后，其实他们演得很辛苦、很累。

一辈子那么长，舞台那么大，而你就是这舞台之上的演

员，当人生这部大戏渐入高潮之时，你才突然发觉，你饰演的不是自己，你只是漂泊在别人的命运里。

到最后才明白，就算走遍了整个世界，也不过是为了重新找回当初丢失的灵魂，找到一条回归自己内心的旅途。

爱情伤人，你偏深情执着；人心难料，你却真诚用心；梦想坎坷，你却狂热不悔。

年轻的好处，是可以在没有看清楚这个世界之前，做率性的事。荒唐也好，可笑也好，那都是无悔的青春。

未来也许光芒万丈，也许会荆棘密布，愿望也许会实现，祈祷也许会失效，可总会有一些东西，是你一成不变的坚持。

这些一成不变的东西，使你的初心不至于快速耗尽，变成红尘人生里的微尘。

何谓成长？是脸上不挂微笑的故作深沉，还是热闹人群里的沉默寡言；还是明明想哭，

却又不得不笑，明明不开心，却又假装很快乐；还是在青葱的校园里留下了月光般纯洁的那个初吻?

你在旋涡里左右摇摆，经历着经历，欢笑着欢笑，痛苦着痛苦，你都没有故作深沉假装成熟，你都在这浊浪里坚守着最真实的自己。

这个世界上，没有人是被道理给说服的。

一个人越是成长就越觉得很多东西不必看得太重，比如外界对你的期望，比如无关紧要的人对你喜欢与否。过分看重就会让你迷失自我，仅仅是活出了他人帮你定义的成功。

你这一生过得好与不好，精彩或是虚度，都不是别人可以评说的。春有春的风情，夏有夏的烈艳，秋有秋的素洁，冬有冬的雅致，人生各有各的美丽，各有各的潇洒。

或许，在外人看来你在世界中平凡无奇，随意都可纵身湮没于人潮，但于你来说，你却能持有着独特的方式，断然跃进世界里，成就唯一。

岁月苍茫，生命脆弱，青春涨潮又退潮，在绵远的人生引导中，在指缝间溜走的岁月中，在秋雨中淋湿的记忆中，你会明白，所谓快乐的人生，不是只做对的事，而是做想做的事。

不亏待每一份热情，不讨好任何一份冷漠

水瓶座的人真性情，爱恨分明。如果吵架，不会多考虑，一定下一句话说得比对方更狠。喜欢简简单单就好，不喜欢世俗，一根筋想问题。当水瓶座真伤心了，折腾得要死要活之后，只要一息尚存，水瓶就能握紧双拳仰天笑，笑完之后就去睡觉。别问他们伤不伤心，他们愿意伤心也坚持着就不回头！

水瓶座的人并不是真的“很傻很无邪”，而是“很真很潇洒”。他们并不是不了解现实的残酷，并不是看不穿人与人之间利益的熏染，而是他们不想争，不想争并不代表没有野心，不想争并不是因为无能，而是在他们看来，情感的价值远远高于那短暂的利益。

我们珍惜一个人，一定是感动过；
我们放弃一个人，一定是失望过。
陪你的人，因暖心而情义交换，才离不开；
懂你的人，因疼惜而无可取代，才不离开。

打开尘封的记忆，人生的聚散离合仿佛就在转瞬之间，在短短的时间里，有些东西会慢慢走远，有些东西会自然消失，有些东西却是永恒不变。在众多的聚散离合中，缘分才是本质的东西。

那些曾经亲密，后来疏远甚至消失的人，我们不必互相责怪，不必惋惜转瞬即逝，有些事看似偶然，实则必然。

人生路很长，很多人都只能陪伴其中一段，后来的分离，是谁都不能预料的。

其实大部分人这一生能给他人造成的伤害有限。也就是，让相信你的人上上当，让等待你的人着着急，让在乎你的人担担心，让重视你的人流流泪，让深爱你的人伤伤心。

互相陪伴了一段路，才明白只有聊得来的人，才能走到身边，才能聚到一起。

有人来自然就有人走，留下的都是看到你的全部、依然愿意留在你身边的人，爱情友情都一样，久处不厌才是真情。

落花逐水去，风吹柳絮飞。随着时间的流失，人生会如同戏剧一样变幻莫测，许多人都会经历种种不同的聚散离合。

这是成长的路途，也是缘分的转化和变迁，缘来缘去就像潮起潮落。

如果你压力大就去听演唱会，如果你失恋了就去泡书吧，如果你找不到方向就选择继续前行，如果你渴望的一切都还未到来，那就让等待的姿势更为虔诚。

明天还有无数种可能性，你的努力是为了更好生活，你的热情要给值得的人和事，所谓更好生活的前提首先应该是取悦自己。一个人连让自己开心的能力都没有，如何谈得上给予世界温暖？扮演谁都不会让你快乐，包括假惺惺地扮演自己。

你只有做你自己，爱自己所爱，弃自己

所恶，才能真正快乐。

一个人，如果是真实的，那么在哪里都是真实的。是怎样的人，就会遇上怎样的人。喜欢就是喜欢，真心的，不敷衍；不喜欢就是不喜欢，笑笑，避开就是。

到了一定年纪，要学会不再取悦别人，没必要去迎合什么。觉得跟谁在一起舒服就在一起，累了就转身离开。取悦别人远不如快乐自己，宁可孤独，也不违心，宁可抱憾，也不将就。

能入你心者，你待以君王。不入你心者，不屑敷衍。生活已经如此艰难，为何不让自己过得顺畅一些。

把复杂从简，和你喜欢的一切在一起，和冷落你、忽冷忽热的人友好道别。

不要亏待每一份热情，不要讨好任何一份冷漠。爱情如此，友情如是。

内 心 虚 弱 就 想 躲 藏 ，
一 打 了 鸡 血 就 想 流 浪

水瓶座的人是头脑和心灵的混合体，开心时什么都能丢一边，不开心时一句话也不愿意说。常常把强烈的愿望和独立精神融合在一起。他们是反习俗和不愿意随声附和的人，说话和做事全凭自己的兴趣。

如果你不能理解水瓶为啥突然之间情绪不对，那你就仔细看看周围，是不是有什么人或事，或者是你给过他的伤害，让他不舒服了。水瓶是表面不在乎，但真的会在你看不见的地儿一遍又一遍地虐待自己。

水瓶座很固执，也很冲动。虽然理智，有时也免不了被情绪所左右。水瓶座的失控其实是对自己的不满比较多，但是看起来就像对全世界不满，他们的爆发只是一瞬间，之后他们会躲起来自我反省。

岁月无情似有情，
在夺走你青春的时候，
也教会你成长。

一切都是不可预知的，爱与未来，都在云端。

你的心，像热带丛林，潮湿而多雨；又像那天边飘过的无人可以牵系的浮云，没有来处也不知去处。

或许漫长的黑夜是等待和寂寞生长最旺盛的时候，静静地抱着双膝坐在窗前。寂寞和黑暗便能一点点地吞噬掉自己的灵魂，一切的一切面对黑夜时总是显出异常的脆弱。

一个人最好的模样大概是平静一点，坦然接受自己所有的弱点，不再因为一时的阴天而焦虑，在没有人看得到你的时候依旧能保持节奏。

有时候，面对身边的人，你突然说不出话；

有时候，一直坚持的东西，一夜间面目全非；

有时候，想放纵自己，痛痛快快歇斯底里发一次疯；

有时候，觉得自己拥有整个世界，一瞬间又觉得一无所有；

有时候，梦想很多，却力不从心；

有时候，发现自己一夜之间长大，却看不到自己的未来；

有时候，你突然觉得好累。

人生无常，是喜是怒，是怨是恨，是爱是丑，是得是失，似乎都在转念之间。

因为不想受伤，你戴上面具，穿上武装，设法把自己脆弱的一面藏起来。可是，你藏得愈多，被发现的时候，暴露的就更多。你愈不敢面对伤痛，被刺伤的时候，伤口就愈痛，伤痛下，你或是逃避躲藏，或是冲动任性。

最不容易受伤的人，不是最坚强的人，而是最坦诚面对自己的人。

逃避自己的人，最终只能导致自己世界的崩塌，而变得越来越没有安全感。充实只能从内到外，安全感也永远是自己给自己的最可靠。

有一句话这样说：没有在深夜痛哭过的人，不足以谈人生。所以，没有先认识到自己的软弱的人，不足以谈坚强。这种坚强与故作坚强不同，它扎根于大地，不会被风一吹就倒。

逃避得了一时，逃避不了一世，而所谓的成长，就是越来越能接受自己本来的样子，也能更好地和孤单的自己、失落的自己、挫败的自己相处，并且接受它，然后面对它。谁都会有低落的时候，不要让它影响你向前就好。

成长，是一个学会接受的过程：接受爱的人离开，接受亲人的离世，接受喜欢的人无论如何也不喜欢自己，接受相爱的人无论如何也不能在一起，以及接受自己的出身、相貌、天分。

无论多大，每一次在“接受”面前，你可能依旧像个只会嚎哭的孩子……区别是， 接受是变好的开始，才能避免幼稚和冲动。成长，是一个学会接受的过程，是你将哭声调成静音的过程。

生命是一场雨，看似美丽，但更多的时候你得忍受那些寒冷与潮湿。然而也得感谢那些寒冷与潮湿，因为它逼迫着你去提升自己，去挣脱命运的枷锁。

它会让你学做一棵树苗，在贫瘠的土地里不断地汲取营养，去迎接最后的挺拔；它会让你学做一条江河，在曲折的道

路上不断地流淌，去迎接大海的宽广；它会让你学做一只蜗牛，在陡峭的墙壁上不断地爬行，去迎接金字塔顶端的辉煌；它让你变得越来越认清自己，越来越懂得面对。

当你真正长大时，你会发现，一路成长中，你收起了懦弱、冲动、幼稚和任性，你不再允许自己矫情空虚，或是打了鸡血般狂热，你可以更好地接受天空里的一片雾霾，躲在白云后的阳光，你原谅了这世界的不美好，接受了自己的不完美，你变得越来越温柔、平静、理智，你看到了更好的自己。

经历了成长的阵痛，爱情的变故，走过千山万水后才会突然醒悟，那么多年的时光只是上天赐予你的一场美梦，为了支撑你此后坚强地走完这冗长的一生。

你相信，只有当自己处于一个最好的姿态，才会有一个最好的人来爱你，才配拥有更好的人生。

别彷徨不安，
总有人喜欢你最糟糕的样子

水瓶座有时是个压抑的星座，他们在乎的事情太多，家人，朋友，恋人……可是不会正确地表达自己的感受，所以经常不被人理解。而他们的确是一群最会假装自己的人，忧郁时，他们喜欢戴上快乐的面具，而当他们快乐时，悲伤又不肯轻易地放过他们。他们不愿在在乎的人面前露出悲伤糟糕的样子，他们只想以神采奕奕的样子示人。

水瓶座这辈子过得蛮辛苦的，也是很让人心疼的一群人。

有人喜欢你绑着头发的样子，
有人喜欢你披着头发的样子，
于是你犹豫到底该绑着还是披着，
可是你忽略了，真正喜欢你的人，
喜欢你所有的样子。

你知道，会有人喜欢你所有的样子，溺爱你，永远都会包容你。因为真情，一定会让人心软。但凡跟心软毫无关系的情，都只是些假象而已。

当一个人坚持不肯包容你所有的样子，不必再多说。他坚不可摧的内心，样样“武器”都有，唯独少了“爱”。

爱的另一个名字，有时候是叫“包容”。这世上除了美食和爱不能辜负，不能辜负的还有一直包容你的人。

如果一份爱情让你变得小心翼翼，那你终究会失去它。太小心地去爱一个人，会渐渐失去自己。

当一份爱情让你不自觉地变得从不设防却快乐无比，它或许不是最完美的，却一定是最长久的。你不会担心失去，因为你深信不疑：他一定不会离开。

真正对的人，会让你回到最真实的自己。

你是否这样爱过一个人，自己悄悄地在心里为对方一次又

一次修订自我原则，然后一次又一次地原谅对方？故事发生在别人身上是故事，发生在自己身上，就是命运了。

爱一个人就是这样，什么都包涵，什么都原谅，老觉得对方可爱、长不大、稚气，什么都是可怜的，总是舍不得。

但后来才发现：能原谅的，不说原谅也会原谅；不能原谅的，说了原谅也不会原谅。

我们必须选择释怀过去，忘掉那些曾辜负你一片真心的人。释怀了过去，才能有清醒地意识找到下一个肯为你付出真心的人，

其实，谁喜欢你，你能感觉得到，你喜欢谁，他对你爱不爱，在不在意，你也能感觉到。有时候，聪明如你，傻就傻在习惯欺骗自己，承诺了不该给的承诺，坚持了没必要的坚持。

爱情这件事，勉强不了，住不进你心里的人就放他走，你走不进的世界提前先掉头。

你要相信，无论你经历了怎样的苦难，总有一个人的出现，让你原谅上天对你所有的刁难。

你要记得那个大雨中为你撑伞的人，那个帮你挡住外来之物的人，那个黑暗中默默抱紧你的人，那个逗你笑的人，那个

陪你彻夜聊天的人，那个坐车来看望你的人，那个将哭泣的你搂在怀里的人，那个总是以你为重的人，那个说想念你的人，那个即便是你邋里邋遢，也微笑着抱着你的人。

真正喜欢你的人，无论你是哭泣着、微笑着、皱眉着，或是假装生气着，他都会喜欢你，只要是你的样子，他都会收在心底。我们一直不断寻找的，不过就是这样一个永远都会原谅你，宠着你的人罢了。

那个人也许长得并不帅、没有满腹经纶、没有腰缠万贯，却能令你安稳舒适。那个人不懂花前月下的浪漫，但会很细心地呵护你。那个人会有全世界最好的笑容，深深地撼动着你的心。那个人会喜欢你很久很久，久到让你想不起来是怎么喜欢上他的，久到你忘了回忆。

不必逞强，不必说谎，不必刻意，懂你的人，自然会爱你真实的模样。那个终将找到你的人，那个对的人，一定会出现你的生命里。

他从阳光里来，你到雨里去，倘若翻山越岭，他就是最美的风景，倘若沉入海底，他就是最美的珊瑚。别怕万水千山阻隔，往前走，就是万水千山。

唯愿你十年后提着老酒回家，桌上三菜一汤，一生豁达有趣，以自己真实的样子生活，做喜欢的事，爱的人就在身边，他爱你，如己。

第六辑

你所看到的坚强，只是他竭力掩饰下的脆弱

水瓶座常常被奇怪的孤独感笼罩，渴望理解，却不奢求理解，当孤独袭来，他们不会感到恐惧或者躲藏，当没人能真正读懂他们内心深处的孤独、寂寞时，他们更乐于享受一个人的时光。他们喜欢热闹，也享受孤独。他们的爱或怨，都是沉默的。

有人说水瓶座人缘很好，情商很高，几乎和任何人都能成为朋友。可是真正脆弱的时候，他们却喜欢躲着自己疗伤，痛了伤了却也笑着说无所谓，不孤独却也最孤独，像是人间之外的精灵。

你给的嬉笑太盛，
才没人懂你的寂寞

水瓶座的寂寞是一种被忘却的痛。他们从来都把友情视为珍宝，只是生活需要独自奋斗，时间与空间常会隔开了他们与朋友之间不小的距离。

当看到朋友一个个都散去，才发现原来什么也留不住，在为他们寻找到各自的幸福而开心的同时，水瓶也不免感到失落，而这种失落的深层含义，就是寂寞。

愿孤单的人不必永远逞强，
愿逞强的人身边总有个肩膀，
愿肩膀可以接住你的欢喜哀伤，
愿有情人永生执手相望。

一个人的世界，一个人听歌，一个人走路，一个人喝酒，一个人大笑，一个人难过，一个人自哼自唱，一个人等待月落晨起，一个人走过风风雨雨。你的心知道，一个人，真的很寂寞。

不管人多人少，不管是热闹或者冷清，寂寞总是不经意地袭击着你的神经。让你孤独，让你寂寞，让你害怕，让你思念，让你渴望。不错，你渴望温暖，渴望关怀，渴望幸福，渴望热闹，渴望繁华。

总会有几个不眠夜，熄灯后的房间黑暗得就像有一股不知名的力量拉扯着你，让你烦，让你躁，甚至不知所措。

孤独就像是你身上的某个器官，它会一直伴随着你。很多人因为孤独而上路，想寻找一方心灵的净土，好让自己孤独的心绪得到排解。但他们都好像无一例外地越行走越孤寂，最后还是要回到起点。

生活在喧嚣与疯狂后回归寂寞。一个人独处的时光，阳光层层叠叠地洒在桌面上。让人一瞬间忘了曾经的阴霾与受过的伤。

其实，哪有人想要故作坚强，还不是经历了太多的黯然神伤。成天被人群簇拥，只是自己知道，灵魂深处，唯有自己一人遗世独立，但求岁月安好。

不断地拥有，不断地失去。渐渐懂得，人生是一场旅行，总有些人会为了你驻足停留，那些不经意的经过最后只会变成过客。

那些从耳旁吹过的风，那些从指间流过的水，那些不可复回的年华，那些有血有泪的青春，如水般流过，怕是再也回不来了吧。

日子周而复始，梦想在那般悄然远去的年华里搁浅。记忆在那里停留了好久好久。看着青春逐渐老去的容颜，我们终究忍不住泪流满面。

一个人，是一场等待，一场未知的旅行。等待时间的手将最正确的人带到你的身边。

少年时追求激情，成熟后却迷恋平静，在寻找、伤害、背离之后，还能一如既往地相信爱情，等待爱情，是一种勇气。每个人都有属于自己的一片森林，迷失的人迷失了，相逢的人会再相逢。

有时你是误点的乘客，别人早就出发到了目的地，只有你还在站台看风景，迟迟不愿坐上那辆开往未来的车。有时你也想踏上那班车，不管身边的人是谁。可你还在等，就这么误点着，等着那辆末班车，等着跟你一同上车的人。

愿你始终相信爱情，不受世事桎梏，找到一个不是“将就”的人，拥有一场叫“因为爱情”的婚姻。

可惜人间不相信眼泪，你的孤独没人体会

水瓶座的脾气有时候很像小孩，但关键时刻他比许多星座的人更成熟。水瓶天生健忘，乐天，但内心深处永远有别人无法触碰的孤独与寂寞。

即使水瓶伤心透顶，你依然可以看到他笑脸迎人，热情处事。水瓶很简单也很聪明,很吵闹也很安静,不孤独却也最孤独。

当一个人什么都懂了，
那就是孤独的开始了。
我们耗费一生时间寻找同行者，
只因世上有一件幸福的事情，
叫作“被理解”。

时间在过去，悄悄地替换着昨天和明天。它给人们留下了露水，雾，蓓蕾的绽开或者凋谢。然而，它终究要留给人们一些什么，它不会白白地流逝。

孤独不可怕，可怕的是害怕孤独。惧怕孤独，是因为我们找不到一个和自己相处的方式。

难过了悲伤一下没关系，想哭了哭一下没关系，心疼了疼一下没关系，一个人孤单一下也没关系。给时间一点时间，一切都会过去。

你终生在寻求生活的意义，直到最后，才明白生命的真谛十分简单，就只是治愈自己的同时，寻找着被理解。

有些人，无须相识，却能通过一段话、一篇字明白彼此的心情，虽然隔着一个屏幕、一本书、一页纸，因为懂得，所

以，他就是那个可以走进你内心深处的人。

有些事，无须相约，却能在同样问题上达成共识。虽然隔着时空的无限距离，因为懂得，所以，你藏在时光深处，等待来寻的知己。

有些情，无须轰轰烈烈，却能深深铭记在心底一辈子。虽然时光荏苒，青春不再，因为懂得，所以，那个人依然是那个不管是开心或是悲伤，都可以在心底温情拥抱的人。

真正的懂得，不是相邀，也不是牵引，更不是逼迫，而是实实在在自然而然地明白，这样的明白，无关风月，无关功利，甚至无关风雨也无关阴晴。

真正的懂得，不必言语，不必刻意，有时，只需浅浅一个微笑；更不必解释，不必逃避，有时，只需轻轻的一声呼唤。

真正的懂得，是一种心情，一种欣赏，更是一种心灵的默契，是青春草地上拂过耳边的那一缕微风，是春风化雨时滴落在竹梢上的那一声“叮咚”，那一声“叮咚”是那样的恰到好处。

真正懂你的人，上天也会安排得那样的恰当好处。

懂得是无声的，也是有声的，每当你开心时、忧伤时、伪

装时、失落时、流泪时，甚至你对生活不满抱怨时，无须多言，因为他会说出那句足以让你感动流泪的话语“我知道，我懂得”。

“我知道，我懂得，我明白。”这是一句比“我爱你，我喜欢你”更深情的表白。

任时光飞逝，你永远都站在灯火阑珊处默默相守。任繁华落尽，你永远都守着心灵的契约，千帆过尽处默默相望。爱你的人并不一定会懂你，懂你的你才能全心全意地爱着你。

在你漫长的一生里，又会遇见几个懂自己的人，就算是遇见了，又会有几个真正愿意懂自己的人。生命中，如若能够遇到那个恰到好处的人，又该是怎样的幸福。

一定会有人懂，懂你寒夜寂寂时如风雨般的心情，懂你眉宇间隐含的淡淡清愁，懂你那一抹微笑。这样的懂得，是心灵与气质的相互吸引，是君子之交淡如水的知己，是真心的红颜。

一定会有人懂，懂你那落花飘零时孤寂的心情，懂你那秋燕双飞时流淌的情思，懂你的低眉，你的浅笑；懂你的深情，你的不悔；懂你的泪，你的痴，你的傻。这样的懂得，是死生契阔，与子成说，亦是执子之手，与子偕老。

相信善良的人都会得到福报，或早或晚，孤独会得到拥抱回应，前行会得到脚步回应，“我爱你”会得到“我也爱你”的回应。那些你以为没有的回报，只是换了一种形式存在，你看汹涌的金色麦浪那是对秋天的回报，你看鱼香小滑肉盐酥鸡那是对喜欢你的回报，不是不报，时候未到，要不，再等等。

无论此时，你自天涯打马而来，还是在生命的驿站里孤寂，请你保持有热度的心，请相信，一定会有人懂你，不是现在，便是在不再遥远的未来。

夜深人静时别矫情，
孤独无依时别回头

水瓶座在陌生人眼中，就像位高傲的神，骄傲、勇敢、坚强、独立；在朋友眼中，水瓶就像个无私的天使，热情、善良、细心、有耐心；而在爱人眼中，水瓶就像个任性的孩子，爱哭、喜笑、会赌气、善依赖。水瓶只在信任的人面前才会表现出孤独、脆弱、敏感和多疑的一面，那是水瓶对你的信任，如果你懂。

有时候，孤独是一壶滚烫的酒，
烧坏了喉咙却还说不出口。

我们这一生，要走很多条路，有笔直坦途，有羊肠阡陌；有繁华，也有荒凉。无论如何，路要自己走，苦要自己吃，任何人都无法给予我们全部依靠。

没有所谓的无路可走，即使孤独跋涉，寂寞坚守，只要你愿意走，踩过的都是路。

不知不觉，你习惯了撑起雨伞走在雨里，穿上风衣走在风里。习惯了让无意飘入伞下的雨淋乱了发丝，让无意穿透纤维的风吹湿了睫毛。

不知不觉，你习惯了双臂环抱的温度，左手牵着右手的温柔。习惯了午夜时分耳轮和指尖冰凉的摩擦，熟悉的香水气味弥漫停滞的空气中，自己呼吸。习惯了笑容凝结在镜中宛若深秋清月，自己欣赏。

不知不觉，你习惯了白天在阴影里发呆，傍晚在街上看霓虹闪烁。习惯了黑白颠倒，昼伏夜出。习惯了黑暗的亮度，怕

强烈的光线刺伤了眼，怕刺伤的眼会不知不觉流泪。

要学会在人群中保持一定程度上的孤独，不要有什么想法就立马告诉别人。对别人所说的话千万不要太过当真。不能对别人有太多的期待，无论在道德上抑或在思想上。

对于别人的看法，应锻炼出一副淡泊、无动于衷的态度，因为这是培养值得称道的宽容的一个最切实可行的手段。

一个人可以把想发泄的痛写到纸上叠成纸飞机飞向远方，一个人可以畅谈心事把快乐往肚子里咽，一个人可以依靠自己对自己说些甜言蜜语，一个人也可以过两个人的生活。

有些路，需要一个人走，不需要陪伴；有些情绪，需要一个人体会，不需要倾诉；有些眼泪，需要一个人品味，只能自己擦干。

有的时候你需要真正的颠沛流离，那会让

你觉出生活的不易和艰辛，那不是一种自暴自弃，而是一种逐渐成长而得到的心平气和。

剩下的路还要靠自己走完，一个人的生活也很精彩，你喜欢一个人，没有背叛，没有离开，就算一无所有，请永远记住你还拥有自己，还可以为自己撑起一片天。

如果你哭，你只能一个人哭，没有人在意你的懦弱，只有慢慢地选择坚强。如果你笑，全世界都会陪着你笑，你给世界一缕阳光，世界还你一个春天。

很多时候，我们都是在寂寞中行走，不要期望他人来解读你的心灵，认同你的思想，要知道，你只是行走在世界的路上，而世界却给了你全部天空。

孤独并不是一件那么糟糕的事情，与嘈杂相比，一个人生活却也自在的多，倒也可以变成一种享受。

或许，至少需要那么一段时间，几年或几个月，一个人生活，不然怎么能找到自己的节奏知道自己想要什么。

这个世界上最神奇的事情，就是有一天你发现你身边的支点都倒下的时候，你也没有倒下。生活倒是变得越来越规律起

来。你以为走不过去的，跨过去后回头看看，却也不过如此。不回避，不退缩，未来终将到来。

孤独或许难熬，但这是你人生的一部分，不管是在人前人后，还是挫折不断的时候，愿你都能保持自我的节奏。

一个人独处的时光，阳光层层叠叠地洒在桌面上，让人一瞬间忘了曾经的阴霾与受过的伤。

温柔要有，但不是妥协，你要在不慌不忙中安静地坚强。

人人都说你活该凄凉，却没人懂你情长

水瓶座常因为一个人的一句话就整夜失眠，却从不因为一个人的一句话被打败。水瓶座的人，可以看着喜欢的人转身离开，却不肯开口挽留。

水瓶座可以面对喜欢的人，却绝口不提喜欢。水瓶座害怕孤独，好想依赖人，却从不曾真的去依赖，因为已习惯独立跟孤独。

你说暮色醉人，我就陪你等黄昏日落。
你说清醒容易孤独，我就陪你酩酊大醉。
你说黑夜太难熬，我就陪你日夜颠倒。
有一天你说你累了，那你要记得及时道别，
我怕来不及告诉你，我爱你。

月亮只有一个，但是星星有亿万颗，大大小小，还有不同星座。星星排列组合，意义好多，可是月亮就只有上弦月下弦月，至多有时候再加上个月蚀。

但是爱上一个人就是会觉得，他是夜空中独一无二的那个月亮。

所以有时候，多希望有个人能告诉你，为什么你把他当成独一无二的月亮，可是突然间，他就从你的天空消失，找不到了？爱情本是两个人的事，但离开后，爱情就变成了一个人的事。

寂寞就是这样一种无形的东西，挥之不去，招之也不会来，却在你思想毫无遮拦的时候悄然而至，侵袭着你的身心，躲之不及，无法回避。来了，就丝丝缕缕占据着你的心灵，你必须用全身心去应对。

寂寞就是一种毒，一种无药可解的毒，深夜里莫名地醒

来，突然想哭，翻个身，原来双人床是如此的大，自己把身体蜷在被子的一角，不敢呼吸，感觉在这黑漆漆的夜里自己与整个世界脱离。

寂寞是柔软的，像温水，像轻风，更像空气中弥漫的细菌无处不在，一不小心就侵蚀了你的身体。当你从内心深处发出一声叹息的时候，你这才意识到，寂寞已经无可挽回地侵占了你的心灵。

寂寞是一种心灵上的孤独，是一段无人相伴的旅程，是一片没有繁星的夜空，是一段消沉苦闷的日子，它使空虚的人孤苦，使浅薄的人浮躁，使睿智的人沉思。

虽然我们爱的人往往伤我们于措手不及，但是，不爱从来不是突然间的事。分手不像平地一声雷的炸弹攻击，它更像是无数小伤口呜咽的累积。

他已经不开心了，他不再稀罕闪烁在你的世界里。所以，喜欢他的你，无论多努力抬头找也没有用，他的运行轨迹已经脱离你的夜空，不想让你看见，也不想让你知道了。

你自以为刻骨铭心的回忆，别人早已经忘记了。曾经的海

枯石烂，抵不过最后一句好聚好散。

一季花开，开在断肠时；一季花落，落尽离别苦。花开一季，暖到落泪。繁华似锦，繁花落尽。凝眸处，怎堪回首？月残月缺，凄美了誓言，断了红尘，隔了天涯，错乱了江湖。

转身，骄傲地抬头，你会努力地绽放微笑，直到笑得撕心裂肺。

既然，花已谢，爱已空，何必自作多情，淡淡忧伤只会让人憔悴。

当擦身而过的人已经不再属于你，是执着于悸动还是放下牵绊？错过种种，是为了留下一生的遗憾，还是为了有生之年再次遇见一个深爱自己的人？学会放手的那个人，也许会获得海阔天空的美。

错过，也许就是为了遇见。每个人的心里大概都有一个独特的位置。这个位置只是针对最重要的人而存在。即使时光腐朽世界荒芜，这个位置里的人永远也不会变。

你很想告诉他，那时候你真的心动过。可惜，不是他陪你到最后，也许你不是他对的那个人。

如果把脑海里关于他的记忆用一个“点”来表示的话，那大概可以书写出足以延绵到宇宙尽头那么长的省略号。可你遗漏了句点，而那些和他有关的过去，将和那些时间一起封存，就好像海子的诗一样，从此不再提起过去。

有人说，我们活在世上，什么时候会在哪里遇到谁，都是注定的。有的人，和你并肩做伴几条街就得转弯，渐行渐远。而有的人，能和你十指紧扣，漫步到最后。

无论承认与否，我们都没有能力挽留要离开的人，即使有的时候我们万般不舍得他走，即使很多时候我们以为那个人能陪我们很久。

可是，没关系，你就做你想做的自己，去你想去的地方。

其实，指路的往往都是星星，而非月亮。所以，就算不是彼此的独一无二，那也无妨。记得，要快快乐乐的，然后把回忆当作最值钱的行李。

喜欢你的人抬起头，自然能在天空中找到你，他会和你挥挥手，让你知道他在哪个方向。

这世界从不缺好的故事。

故事的结局，静香没有嫁给大雄；晴子可能也就负责打开樱木花道的初恋大门……有人曾牵手，但不会到最后，就像刚好在赶不同的列车，可能就此与缘分失之交臂；抑或原本以为能长久同行的人，结果提前下了车；看似遗憾，但人海茫茫，总要允许有人错过你，才能赶上最好的相遇。

既希望有人关心，又不想被过分打扰

水瓶有时候心里会莫名地难受，却不知为了什么。有时候，同周围的人说说笑笑，却觉得异常寂寞和孤独，静静地看着窗外，会觉得自己是个容易被遗忘的人。有时候，冷眼看着身边的人吵吵闹闹。有时候，觉得这个世界真的很假、很虚伪，真想马上从这个世界上消失。

水瓶座的人大多心里很矛盾，既害怕寂寞又喜欢孤独。

有一种寂寞，身边添一个可谈的人，一条知心的狗，或许就可以消减。
有一种寂寞，茫茫天地之间，余舟一芥的无边无际无着落。
有些故事，一定要讲给懂得的人听，
有些悲伤，不一定谁都会懂。

生活不可能像你想象的那么好，但也不会像你想象的那么糟。

很多时候，总想一个人安安静静的，不被任何人打扰。所以，习惯了一个人发呆，习惯了一个人取暖。

有些心事无人倾听，只能自言自语；有些痛苦无处释放，只能默默承受。人都有脆弱的时刻，都有难过的时候。但过度关注别人和渴望被别人关注，都挺累的。习惯独处是一件好事，然后发现，后来的你想依赖和想联系的人越来越少，人也变得淡然和从容，不再那么累。

谁能永远坚强，谁能一直勇敢，没必要把自己看得坚不可摧。生活不简单，尽量简单过；人生不完美，尽量快乐活。

有些失去，任你多么努力，终归不属于自己；有些感情，任你多想忘记，依然拒绝不了回忆。

你常常面对身边的人，突然说不出话。有时候，一直坚持的东西，一夜间面目全非。有时候，想放纵自己，痛痛快快歇斯底里发一次疯。

有时候，觉得自己拥有整个世界，一瞬间又觉得一无所有。有时候，梦想很多，却力不从心。

有时候，发现自己一夜之间长大，却看不到自己的未来。有时候，突然觉得好累。

不闻不问，并非真的割舍；不言不语，是没有主动的勇气。世界没有那么美，人心也没有那么纯粹。

你总是孤零零一个人，时间长了也觉得没什么不好。也常有人向你表达好感，送花送礼物从不间断，好像没有拒绝的理由，却觉得也少了点什么，是什么呢？你也问自己。大概只是少了一种感觉，一种能走近你内心的柔情。

哪怕一个人生活，穿越一个又一个城市，走过一个又一条街道，仰望一片又一片天空，见证一次又一次别离，也要心怀透明和感恩。

你不喜欢的人，不跟你在一个点上的人，不要草率地把他

请进你的生活。一个人只是寂寞一点，交错了人是却是寂寞加痛苦。

当你遏制住寂寞的拥抱，说明你已经在一条正确的路上成长着，越长大越孤单，不是自己失去了一份单纯，而是越来越难委屈自己去讨好其他人。在岁月里学会成熟淡然，学会接受失落，这是一种无奈与落寞，更是每个人无法改变的成长规律。

其实你一直期待着，可不可以有一个人，可以看穿你的逞强，可以保护你的脆弱。当你掉眼泪，他就用大大的手捂住你的眼睛，轻声说你的眼睛只有微笑时才最好看。他会在你受到委屈的时候，把你的脑袋按在他的肩膀上，告诉你在他的面前，永远都不需要伪装坚强，告诉你就算所有的人都不相信你，他都不会离开。

最美好的状态就是，看过了世界的黑暗与

痛苦，却依然相信它的单纯与美好。

希望那时候，你们都变成了更好的自己。没有早一步，也没有晚一步的，就在那时候，遇到他。

嗯，是的，就是那个不再让你孤独到窒息，又爱得恰到好处的人。

你再害怕孤独，
也要等两情相悦

水瓶座总是孤独的，他们从不勉强别人爱自己，一方面他们觉得自己不需要任何人来可怜，另一方面他们觉得爱情是两情相悦，是等待，是一辈子。

水瓶座很怕自己心爱的那个人消失，怕自己太依赖那个人，所以你也许会觉得他们冷漠，却不知在他们心里，可能每天想你千遍万遍。

水瓶座等待的从来都不是爱过，而是爱到底。

倾我所有，予你一生，陪你走到世界老去。
纵使世界已不在，我依然还在你身后。

这个世界上，什么事情都可以将就，只有爱情这件事情没办法将就。因为你要的不是一张证书，你要的是一种两情相悦的幸福生活。

从相爱到老，你有足足几十年的人生。哪一天都没办法面对一个将就的人，所以你宁可寂寞孤单着。

站在岁月的路口，放逐记忆，轻拾一抹残红，静看一场花事。你想，在即将落泪的瞬间优雅转身，捡拾遗落风间的记忆。

回眸，才懂，原来有些梦，经过岁月的沉香，念起，仍会有一种让人流泪的温暖。

有人说，世间最执着的爱恋，是用最纯粹的心去爱一个人，用尽生命的全部力气去承受。

时间的长河冲走了你的年少轻狂，却也慢慢沉淀了冷暖自知。想要的生活，想要的人，只有自己最明白。

感情就像是气球，如果不加以呵护，结果，不是被风扯断了线，就是被隐藏的东西给戳破。

如果遇到了那个对的人，那个你欣赏喜欢的人，那个值得你等待的人，就勇敢地去爱吧！把你的好全部都给他，因为下辈子也许不会遇到。这辈子就好好地去和他在一起，直到成为老爷爷老奶奶，仍然左手牵右手，相互支撑，不离不弃！

两个人的旅程，相爱是第一步，相守是漫漫长路。爱情不会应允你一个无限美好的未来，但是它会给予你力量和信心，一路相伴，不离不弃。

你会一直等着那个人，一直等他来到你身边。你不会隐藏你的感情，就像不会隐藏你对他的思念。

你等那一天，他牵起你左手，对你说：“不要犹豫了，陪我走吧，无论前面的路怎样，我都会在你身边，不会让你受任何的委屈。”

遇到他，是你的劫数。

或许，在他的面前，你没有了骄傲和自信，你忘掉了矜持，失去了分寸，喜欢一个人原来就这样傻傻的、呆呆的，满满的都是对他的思念，眼前是他的身影，耳边是他温和的话语。他在前面走，你在后面跟随，你愿意在余下的人生路上，就这样跟在他身后，一直走下去。

有他在，你便能原谅过去孤独对你的折磨。有他在，你会心安。

有些人，抓住了就是抓住了，错过了就是错过了，只能说情深缘浅。人生的旅途中有太多的岔口，一转身也许就是一辈子。在上一个路口熟悉彼此，在下一个路口或许就成陌生人。

永远不要把喜欢埋在心里，喜欢就要大声说出来。人就一辈子，不说出来他怎能明白你的心意？因为害怕拒绝不敢表白，也许就错过了。

不要留下遗憾，为了你不长不短的一辈子。

如果注定会有一场相遇，那就等一朵花开的时间相遇。愿你在最美好的年华里，用你最美好的姿态，等待遇见对的人。

你所看到的坚强，
只是他竭力掩饰下的脆弱

水瓶座的内心其实是很孤单的，虽然平时活泼开朗，但一旦有了事情就会自己一个人承受。

水瓶座强颜欢笑的背后，是无数次的自我逞强。他们脆弱、敏感，偶尔会被悲伤侵袭，偶尔会玻璃心。

大概是因为水瓶出厂的时候就设置了善良属性，最讨厌和别人吵架了，不管和谁闹别扭都是抱着闹一闹的态度，以后一定会找机会和好的，恨人这种事太累了，比爱一个人还难呢。

很少有人能真的走进瓶子的心，瓶口太小了，大部分时间还是自己封死的。如果你不能永远守护水瓶座，就不要说爱他，也不要说会保护他一辈子。水瓶是一个孤独的星座，瓶子很脆弱，一摔就会碎。

一个人无论有多好，若遇不上对的人，
不如深掩了这些好，以孤独与这个世界静对。

孤独是人生最大的秘密，关于孤独，只要记得两件事：孤独没有不好，不接受孤独才不好。

没有人会喜欢孤独，只是比起捉摸不定，以及冷热交替后的失落来说，孤独会让人更踏实。

我们都应该强大到能够适应孤独，就像适应了一种残疾。

你脸上云淡风轻，谁又能了解你咬紧牙关正在死撑；你走路来去如风，谁又能知道你膝上仍有摔伤的淤青；你笑得没心没肺，谁又能懂得你哭起来只能落泪无声。

有的时候，我们扮坚强，是为了不让人看出脆弱；扮高兴，是为了不让人看到伤口；扮轻松，是为了不让人发觉自己的无助。

每个人的心中，都会装着不愿说出来的心酸和无奈。或许

一个对的人便是解药，可就像电影里演的一样，解药很难遇到。

不想把疼说给别人听，难言的苦衷只有自己最懂；不愿把脆弱展示给他人看，也许自己才是最忠实的听众。难不难过都是自己过，伤不伤心都是一颗心。回忆再美，也只是曾经；伤痕再深，也要掩埋心中。带伤的人，都是有故事的人。

有些人只适合去回忆，不能再去见面了，甚至遥远的问候都不能了。不是不想，是不能。想和不想，在于你；能与不能，由不得你。

有些事只适合埋葬，不能说，也不能想，却又不能放；有些情只适合遗忘，舍不得，求不得，也许更不值得。

爱情总是想象比现实美丽，相逢如是，告别亦如是。

你以为爱得很深、很深，来日岁月，会让你知道，它不过很浅、很浅。最深最重的爱，必须和时日一起成长。

爱情正是将一对陌生人变成情侣，又将一对情侣变成陌生人的游戏。

有些情只适合珍藏，不敢再去留恋了，甚至悄悄地想念都小心翼翼了。不是不念，是不打扰。念与不念，你都在这里；恋与不恋，他还在那里。

深爱着，却不能拥有；思念着，却不再打扰。虽是过客，却是记忆里的常客；虽然错过，但是生命里的深刻。

很多时候，爱，只要一瞬；忘，却需一生。执迷不悟，也许是铭心刻骨；陷得太苦，是爱的包袱。忘不了的忘不了，自己无力说服；放不下的放不下，想人的滋味谁也说不清楚。

感情中，无所谓记不记得，只在乎重不重要；不在于重不重要，只在于戒不戒掉。时间，或许是治愈你的良药，但认真爱过的人，终究是忘不了。唯愿他过得比你好，其他的都不重要。

每个人都渴望被理解，被懂得。但很多人，宁可在自己的世界苦苦彷徨，也不去别人的海洋犯傻冲浪。

最想表达的意，往往都一言难尽；最想说出的痛，恰恰是欲说还休。情感挣扎在心边，止于唇齿；苦楚压抑在心间，辛酸上演。不懂你的沉默，又怎懂你的难过？不知你的脆弱，又拿何来寄托？不懂你的无可奈何，又怎解你的一笑而过？人与人之间理解最难，心与心之间懂得最艰。

所以有时候，突然会觉得自己很孤独。

然而，当一个人能独自面对所有，能独自默默承受，能独自治愈伤口，能独自破茧而出，整个人又与世界绚烂共舞，他是真正成熟的人。

人的坚强不是看外壳有多硬，而是孤独有多深。盔甲再厚也无用，心灵硬实才能防身。

每个人都有孤独的时刻，不要觉得暂时无人陪伴就自怜自哀。任何时候都不要妄自菲薄。

在这个世界上，最不能放弃的，除了爱情，就是自己。

每个人的人生都是一个过程：你从不会做饭到后来的得心应手；从一开始一个人生活的不知所措到现在的井井有条；从根本不能习惯离别到最后的平静；从曾经爱得过度疯狂到现在

的哄自己开心。

在这个不可逆的过程里，我们只能沉淀，只能向前，变成另外一个人，这个人也许成熟，也许挣扎，只愿你终能变成一个你并不讨厌的自己。

经历孤独时是迷茫，经过孤独就是蜕变，就是成长。只有成长才能让你站得更稳，等待爱情的姿势更美，心态更从容。

所以，一个人的孤独，虽败犹荣。

图书在版编目(CIP)数据

你那么孤单，却偏说一个人真好 / 林小仙著.—北京：现代出版社，2017.9

ISBN 978-7-5143-6401-9

Ⅰ. ①你… Ⅱ. ①林… Ⅲ. ①散文集－中国－当代 Ⅳ. ①I267

中国版本图书馆 CIP 数据核字(2017)第 238945 号

你那么孤单，却偏说一个人真好

著　　者	林小仙
责任编辑	赵海燕　毕椿岚
出版发行	现代出版社
通信地址	北京市安定门外安华里 504 号
邮政编码	100011
电　　话	010-64267325　64245264（传真）
网　　址	www.1980xd.com
电子邮箱	xiandai@vip.sina.com
印　　刷	吉林省吉广国际广告股份有限公司
开　　本	880×1230　1/32
字　　数	132 千字
印　　张	7.5
版　　次	2018 年 2 月第 1 版　2018 年 2 月第 1 次印刷
书　　号	ISBN978-7-5143-6401-9
定　　价	38.00 元

你那么孤单，却偏说一个人真好

林小仙 | 著

中国出版集团 现代出版社